诗书画

曹可凡
印海蓉
主讲

二十四节气

东方卫视《诗书画》栏目组 编撰

上海人民出版社　学林出版社

序言

汪涌豪

　　亲近传统诗书画的意义在哪里？它们能给今人带来怎样的好处？这样的疑问，不少从事文史研究的专门家和大学教授都提出过。一般人则因生活中另有许多重要的应知应会，而对其抱一种遥尊的态度：或有感于它富专诣之境，饶美之质，非师匠高、捃摭博者不能臻其极而对之敬而远之；或有感于它讲究尊体因格，以入门不差为第一义，最忌肆口横出，乱绪别创，并以此为妄诞、为野体而对之望而怯步。至于自己试着认真学认真作的就更少了。

　　但另一方面，自这档节目开播以来，不长的时间，确实赢得了无数的观众。人们表现出的对传统诗、书、画的喜爱，以及欲一探其究竟的热情，足证它真实地被当代人需要着。只是许多时候，说不大清楚这种需要究竟意味着什么。因为我们所身处时代的资讯太过碎片化了，同质度又高，以致人很难凝聚起意见共识，又能用足够个别性的语言，来表达一己真实的感受。更要命的是，这个时代的物性高度发达，以物性衡裁社会发展程度的通常认知，很大程度抑制了人性，进而更遮蔽了诗性，这无疑对人的精神空间构成了极大的挤迫。因为后者，人们常不免感到匆忙、焦虑与紧张，没法有充分的余裕，用宽展的心态去顾恋自己留在大地上的劳绩；又因为前者，当暂时让自己慢下来，也很难有时间回光内鉴，去找寻自己的过往，在热闹而纷扰的世界，有以疗救个人心底的荒凉。人们的感觉是这样的：当自己最想说话的时候，往往不知道说什么和怎么说。有时你说得越多，越觉得空虚，你走得越快，离自己越远，并感到越孤独。

这个时候，你就需要有真知己来陪伴真实的你。艺术的意义和价值正因此而被照亮，被凸显了出来。传统诗、书、画从来同源共体，如古人所谓"点画清真，画法通于书法；丰神超逸，绘心复合于文心"。因为它们是一体性地反映个人最深彻的理想与情感的，往里投托着个人孤高、失意或苦闷等各种主观意绪，隐蓄着一己的情感经历和人生感慨；往外联通着宇宙天地和世道时运，涵示着对更具超越性的客体存在与生命意义的究问，故每每具有跨时空的穿透力和非凡的感染力。千百年来，人们的生活方式和所处社会形态虽多有改变，有时甚至如沧海桑田，但由喜怒哀乐构成的人的生存困境和起伏顺逆构成的基本人性及其变异状态，从本质上说并无太多变化。当今人进入由古代诗人、书画家辟出的艺术空间，看他们如何周行冥思，然后以一管之锋，拟万象之态，或舒缓优雅，或痛快淋漓，将种种复杂的意绪凝定为澄明的艺术，就会觉得其所摹状与呈现的外部世界和内心世界，与夫对山川草木、风来月度的体悟，对四时佳节、天意人情的歌咏，无往而不构成一与自己的日常世界相对待的艺术世界。显然，这是一个能让时间慢下来，让自己静下来，让干涸的心得以滋润，让日渐荒败的情感得以复活生机的审美化的世界。而且，与所秉承的自来的传统相契合，你会觉得自己和它实有着父与子一般的亲和关系，故有时才吟数行，已能默识心通；相对无言，居然心照不宣。我们说，人要完成认识世界、审视内心这两大任务，光靠自己是不够的，光靠实用性知识的学习也不够，它还需借助更高明的智慧，尤其是古人经长久摸索、淬炼积得的超越性艺术所呈现出的智慧。这种智慧经过岁月的加持，最为宝贵，也最可体味。要之，以物济物，哪有止限；以物质救精神，不啻缘木求鱼，这就是今人自觉不自觉地会如此需要艺术、亲近诗、书、画的原因。它俨然构成了当下中国人生活的一部分。雷德蒙·威廉斯曾用"一个群体某个时期特别的生活方式"来给文化下定义，当下中国和中国人对传统诗、书、画的喜爱，生动地诠释了这一点。今天，中国社会的丰富性已非过去可以想象，但某种程度上说也充斥着喧嚣与骚动。正是通过亲近传统，亲近诗、书、画，许多人才得以确认，正如索尔仁尼琴所说，人原本就无须知道得那么多，相比于那种无所不知，他实际更期待可以拥有某种"不知情权"，为其"意味着高尚的灵魂不必被那些废话和空谈充斥"，而"过度的信息对一个过着充实生活的人来说，是一种不必要的负担"。当然，这样说绝不意味着传统的艺术创造与真实的生活隔着山海，而毋宁说它们抛弃了日常生活的浮屑，比人所经过的生活更契近生活的本质。

即以此次推出的三个主题而言，聚焦十二时辰、二十四节气和传统节日，从中就在在可见中国人最自然素朴的生存样态和精神世界，是怎样经过的市声与烟火的熏染，成为今人了解自己祖先最真实的形象指南。当然，经由诗人和书画家的演绎，其特异性本质也得到了最大程度的呈现，其背后所承载的文化也得到了最形象生动的表达。

如果稍作展开，则回到这些诗人和书画家生活的时代，可以说古代中国基本上是农耕型社会。这种生活形态决定了人必须对环境、气候等自然因素有充分的尊重与顺应，由此造就悠久的岁时文化。所谓"四时成岁，每岁依时"，据学者考证，"四时"及"十二时辰"早在西周时就已经形成。以此为基础，以后又有表征时间、空间和农事相配伍的"月令"，再有"十二纪"和"二十四节气"。由于古代先民并无意于对一年的时间作简单的物理划分，而好将其与阴阳的移转相挂连，且挂连的目的在风调雨顺，五谷丰登，如《国语·周语下》所谓"气无滞阴，亦无散阳。阴阳序次，风雨时至。嘉生繁祉，人民和利。物备而乐成，上下不罢"，这就造成其不仅与天文、历法等古代科学暗合，更具有极强的人文内涵。在此基础上，脱胎于早期"率人以事神"的祭祀活动，以及此后因"嘉事"而展开的娱庆活动的传统节日，也最终得以形成。

　　从某种意义上说，较之西人有强烈的空间意识，中国人最关注时间，最知道子在川上慨叹"逝者如斯夫"之所以感激人心，在于其道出了人在时间中占据的地位，要远比他在空间中所占的地位重要得多。也所以，莱布尼茨的《中国近事》会说中国人的时间哲学要远远胜过西方。并且严格地说，时间在中国人这里从来不只具有客观性，不是一种等人去利用和研究的客体，他们不像西人那样，将时间看成"标志物质运动连续性的哲学范畴"，而更多视作与每个人生活感受连成一体的生命意识的共现，并且越到后来越注意突出它的主观性。当然，西方文化也有对主观性时间的描述，但这个由客观到主观的变化发生场所与中国有所不同，基本是在抽象的思辨领域中进行并完成的。在西方的传统里，时间的观念发展自古希腊的理念世界，然后是中世纪专注于神及永恒的基督教世界。由此在它们的哲学和宗教中，多可见到对人类生灭与存续问题的讨论，从奥古斯丁的《忏悔录》第十章，到柏格森的《时间与自由意志》，再到海德格尔的《存在与时间》，无不如此。中国人则不如此，不好作客观分析而更重视主体的感受，更注意突出作为一种逃无所逃的度量与界限，时间之于人的生命存在的深刻影响。因此，在那个时代发生的由客观到主观的变化，常常是在现世的生存领域中进行并完成的。这一点从《诗经·豳风·七月》，到《吕氏春秋·十二纪》《礼记·月令》《管子·四时篇》《逸周书·时训解》中都可以看到。并且，不同于西人将之更多地与哲学、宗教相挂连，它更多地与诗和艺术结合在一起。惟此，法国作家尤瑟纳尔才由衷地感叹，中国文学对时间的感叹，对人生无常的感叹，是西方文学少有的。其实不止是文学，作为将"空间意识时间化"的书画艺术，也同样如此。

　　所以，经由对反映上述主题的诗、书、画的赏会，人们不仅可以对传统中国人的日常生活，以及表达这种日常生活的艺术有初步的了解；如果够用心，还可进一步增进对其背后所蕴蓄的中国人的传统，以及中华文明的基本特质的认识，知道古人之所以关注四季阴晴，摹状雨丝风片，并流连名山，啸傲林泉，非为游赏，或非仅为游赏，其最想发抒的，其实是对这个生生不息、新新相续的大化流转中人生的整体性的觉解。至于相对应地，他们重视"体调""气格""神韵"和"风骨"，以为上述诸事之于诗、书、画的展开无一不可缺。诗赖玄心妙会，但仍当以法度为主。书画也如此，出入处须见本源，起讫处必有章法。而综括三者，又应区分善用与不善用。善用法者，如美人天成，虽铅华妆饰，而丰神体态与骨肉色泽无不匀整，至于浑沦一片如锦绣之段丝理秩，难一一寻其出处，非摹形临状者可以幸致；不善用者则事事反，欲有长进，必当于多读书、多看勤作中求之。最怕才识之无，便欲伸纸，一如乱发垂鬟，不加膏沐，斩芦断竹，以充笙簧，是断无可能成就真正的诗与艺术的。

　　总之，传统诗、书、画是人的灵气的自由往来，它胎息于天地而无可捏造，"其用法取境亦一，气骨、间架、体势之外，别有不可思议之妙"。前者指有一段必须遵循的古法，制作入彀而不能不烂熟于心，后者指神而明之，全赖人各依性分，悉心体悟。你或许觉得，它们因此比较不易识读和看入，更难仿效与学成。那么我想说，人从未毁于让自己感到困难的事情，而常常毁于让自己觉得非常舒服的无意义的嬉戏与闲暇。康德说有空气的阻力，鸽子才能飞翔；维特根斯坦说有地面的摩擦，人才能够行走。所有的难度，其实都是引渡你飞升向高远的通道。这方面，中国古人在谈艺论文时说了许多，多到不胜枚举。总结他们的意思，没有格律，诗歌与口水何异；不谈笔墨，书画与涂鸦无差。正是格律，赋予诗以自由；正是运笔用锋的回藏与力行，才造成书画既力透纸背，又能气韵宛转，格调高古。所以，初入门和尚未入门的读者、观众，要努力啊！这样，你们日后在诗书画中遇到的，就不再是陌生的古人，而是更真实的自己。

庚子夏于巢云楼

目 录

立春

俗话讲："一年之计在于春"，"立春"是四季的开始，也是二十四节气之首。从这一天算起，二十四节气又迎来了新一轮的循环。古人眼中，立春将迎来三个变化，第一是东风解冻，第二是蛰虫始振，第三是鱼涉负冰。

"东风解冻"很好理解，朱自清先生写"盼望着，盼望着，东风来了，春天的脚步近了"。东风就是春天的季节风，又被称作"俊风"。仿佛到了这时候，风也变俊了，吹在身上的感觉也不一样了。不但不扎脸，还几乎有了润肤露的功能。"吹面不寒杨柳风"，要多舒服有多舒服。

"蛰虫始振"说的是冬眠的动物们开始苏醒，开始伸懒腰了。但是请注意，醒归醒，还得赖一个多月的床，等到了春分时候才"蛰虫启户"呢。

"鱼涉负冰"是说冰面开始融化，渐渐地，能看到水里的鱼了。可水面上还有浮冰碎碴，鱼游动的时候，你老感觉它背上好像驮着冰块一样。

立春，实在是个"蠢萌蠢萌"的季节，您可别以为我在开玩笑，"蠢"和"萌"这两个字真是古书里对这段时令的描述，草虫蠢动、树木萌生，代表了一种万物重新开始的生机。

立春以后，天气虽还寒冷，人心却早已向暖，春光也在一

《安喜图》元·王渊　纸本水墨　177cm×92cm

枝一叶间积蓄着能量。"山朗润起来了，水涨起来了，太阳的脸红起来了。"于是怎么样？出游踏春的时候到了！

南宋大学者朱熹的这一首《春日》，八百多年以后读来仍让人感同身受、春光满眼——

春日

南宋·朱熹

胜日寻芳泗水滨，

无边光景一时新。

等闲识得东风面，

万紫千红总是春。

《论语》里，孔子有一次让弟子们谈谈理想，最后发言的是一个叫曾点的人。他说我想的是，到了春暖花开的时候，脱下棉袄，换上单衣，约上五六个同伴，再带上六七个孩子，十来个人一块儿，到城南的河水里洗洗澡，再到河边的高台上吹吹风。春光里，大伙儿唱着歌儿回来。孔子听了，"喟然叹曰"："我跟你想的一样啊！"

朱熹是很熟悉这个故事的。孔门的"弦歌不辍"让他神往，春光的生机盎然也让他陶醉。所以，才提笔写成了这样一首饱含情感的小诗。开头，"胜日寻芳泗水滨"，"胜日"点出了时间，一个美好的春天；"寻芳"交代了主题，出来踏青；"泗水滨"明确了地点，泗水岸边。那么这次踏春看到或者说得到了什么呢？是"无边光景一时新"。这句高度概括，一个"新"字，对于外在景物，是春回大地、焕然一新；对于诗人自己，是兴高采烈、耳目一新。总之，这一趟没白来，收获满满。

三四句，"等闲识得东风面，万紫千红总是春"互为因果，一方面，东风将百花吹得万紫千红，令人感受到春的气息；另一方面，又正是春的气息，通过万紫千红的百花，令人识得了东风的面貌。

值得一提的是，写诗的时候，大宋王朝早已南渡，北方的泗水地区已经是金人的地盘了。终其一生，朱熹都没有、也不可能北上泗水去走一遭。那他为什么还要写去"泗水滨"寻芳呢？这正是这首诗里意味深长的部分——他在向长期生活在泗水岸边、传道授业的孔老夫子致敬，以"泗水"暗指孔子门庭，以"寻芳"暗指圣人之道，以万紫千红的春光，暗指读圣贤书的精神享受。

写诗就是写诗，讲道理就是讲道理，一个诉诸情感，一个诉诸理性，看上去很难掺合在一起，但朱熹却把他想要讲的道理，

融入生动浅显的形象和感受当中，当纯粹的写景诗读可以，当耐人寻味的说理诗读也没问题，怎么读怎么通。

辞旧迎新，自然要讨个口彩、图个吉利，所以特别选择了元代画家王渊的《安喜图》推荐给大家。

中国画讲究"画必有意，意必吉祥"，也就是通过画作来表情达意、传递吉祥，其中最常用的手段就是"谐音"。比如：牡丹象征富贵，牡丹插在瓶中，就谐音"富贵平安"；一树火红的柿子，谐音"事事如意"。

这幅《安喜图》充分发挥了民俗文化里谐音与象征的魅力。这是一幅细腻、清新、很有情趣的花鸟画，地上的九只鹌鹑，谐音"久安"；天上的十二只喜鹊，象征一年十二个月里月月欢喜。又报平安又报喜，好事成双，反映出画家巧妙的祝愿。

二十四节气，始于立春，终于大寒，周而复始。立春意味着我们又迎来了一个新的轮回。立，是建立、开始的意思，立春是大自然新旧转折的节点，这个时候，春天的气象开始了。

立春时节，北方逐渐进入春耕，南方大部分地区春暖花开。中国古代"百事农为先"的农耕文化，使古人对立春十分重视，周朝时周天子要亲自象征性地耕种，表示春回大地，天下可以恢复生产耕种，所以立春也就具有了农业劳动开始的信号作用。

东风阵阵吹拂着被冰雪覆盖的大地，虽然很多地区依旧寒风料峭，但雪水已经开始融化滋润着土地。原本寂静冷清的山野，渐渐披上深浅不一的绿装，开始孕育新的希望。

立春，总能让人发现惊喜，唐代诗人杜审言就在物候变化中发现了春的身影。一首《和晋陵陆丞早春游望》来感受一下立春后的灿烂春景。

和晋陵陆丞早春游望
唐·杜审言

独有宦游人，偏惊物候新。

云霞出海曙，梅柳渡江春。

淑气催黄鸟，晴光转绿蘋。

忽闻歌古调，归思欲沾巾。

杜审言是"诗圣"杜甫的祖父，当时在江阴任职，晋陵也就是现在的江苏常州，两地相隔不远。杜审言看到在晋陵做官的友人陆丞写的《早春游望》有感而发，跟着唱和了一首。

首联诗人一开头就发出了对异乡景物变化的感慨，说只有远离故乡在外做官的人，才能发现自然物候转化更新的细微变化。"宦游人"说的是自己，也是在晋陵的陆丞。

领联沿着"物候新"描写远处的景色：旭日东升，海上的云霞灿烂；江南梅红柳绿，江北才刚刚回春。这两句写出了初春景物交汇的特征。在这里，还表现了气候是由江南到江北逐渐变暖的，说明了早春的美丽景色并非倏然而至，而是一点点回暖的，我们仿佛能从诗句里感受到春天静悄悄的脚步。

颈联描写的是近处物候的更新：和煦的春风催促着黄莺出谷，阳光使度过了寒冬的蘋草越来越绿了，写出了江南二月春欢鸟鸣、蘋草轻摇的美景，趣味无穷。这也是立春三候："东风解冻""蛰虫始振""鱼陟负冰"这些细节变化更具体的表现。

上面四句中，"出""渡""催""转"四个字将静态的春景写出了动势，把景物写得有声有色。我们仿佛能透过诗句听到声声鸟啼，看到满地翠绿，感受到盎然春意。

尾联作者正迷恋于江南春色的时候，听到了"古调"，引发了思乡之情，于是写下了这句"归思欲沾巾"。感情急转直下，由情入景，再由景生情，情感变得更加强烈。

都说"一年之计在于春"，新春自然是要讨个吉利的。自古人们会在立春时节踏青迎春，还会在这一天举行咬春、打春牛等风俗活动。大家熟悉的吃春饼、春卷，就是立春时的咬春习俗。

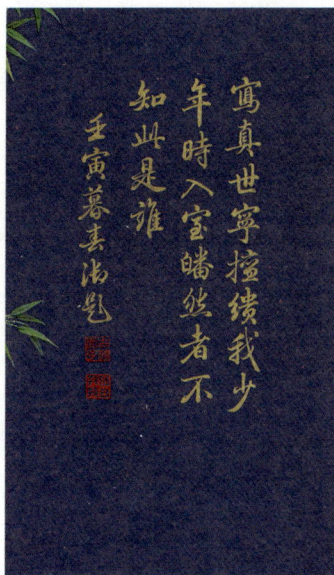

辞旧迎新，咬一口春，一年好运。

　　从四季更替的角度来说，立春这天是一年的开始。人们会作节令画，反映人们对未来的美好愿望，迎祥祈吉。"平安春信"是清代节令画中常见的题目，我们可以通过清代宫廷画家郎世宁的《平安春信图》，看看万物向人们传达的吉祥寓意。

　　这是一幅描写皇宫内生活场景的人物画，画中正中有一老一少两人，身穿长袍宽袖，一副汉装打扮，姿态各异，共同欣赏一截梅枝。画中近处有一块灵秀飘逸的太湖石，有翠竹梅花点缀；

《平安春信图》 清·郎世宁 纸本设色 68.8cm×40.8cm 北京故宫博物院藏

诗书画 二十四节气

背景是新鲜明静的石青色，十分清幽别致。人物背景衬着两枝细竹，身侧还有一方石桌，摆放着杯盘、书册、如意等物品。根据画作中乾隆皇帝晚期的题字，可以看出来画中的幼者是后来的乾隆皇帝，长者是雍正皇帝。整幅作品充满着浓郁的生活气息，以及亲善和谐的优雅情趣，表达着梅报新春、竹报平安的吉祥寓意。

　　郎世宁是有着深厚素描功底的西洋画家，在注重西方绘画写实基础上，同时注重中国古典绘画风格的体现。他的人物画，用颜色的深浅浓淡来表现人物的五官，将人物刻画得富有立体

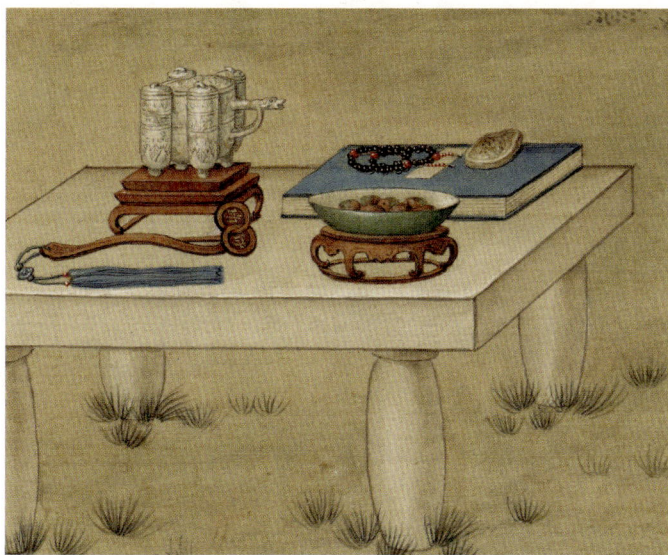

感；同时吸取了中国画技法，减弱了西方绘画中的光线亮度，避免了"阴阳脸"的出现。人物衣饰选择用中国传统的笔墨勾线，再用颜色晕染，加上西画中的明暗处理手法，突出衣饰质感。郎世宁的画作融会中西，色彩清丽，造型典雅，体现出韵律感。

"律回岁晚冰霜少，春到人间草木知。"立春，一年伊始，万象更新，虽然寒意犹在，但"百草回芽"之势不可阻挡。春回大地，又将迎来一派勃勃生机。

一枝穠艳写三山末
乱点誰云不近浓
春寒哪飞春
乙亥春徹题 唐寅

山堂庵静人静
绦楼气数趣
春雨馀 唐寅

雨水

诗书画 二十四节气

《春雨鸣禽图》
明·唐寅
纸本水墨　121cm×26.7cm
上海博物馆藏

"雨水"是个特别温柔、特别诗情画意的节气。人常说"春雨贵如油""天街小雨润如酥"，所以说，这个时候下雨下的可都是"及时雨"。

　　古人说："东风解冻，冰雪皆散而为水，化而为雨，故名雨水。"传统观念里，雨水这个节气的三大物候是獭祭鱼、雁北归和草木萌动。

　　最有意思的是獭祭鱼。冰面解冻，水獭捕鱼，捕到了先不好好吃，整整齐齐码放在岸边，好像上贡摆祭品似的，搞得特别有仪式感。这个特别的现象引起了古人的注意，仔细观察，发现蛰伏了一个冬天的水獭年年都这样，于是便把它作为一种物候现象来描述雨水

节气。后来也有人说，不是水獭很虔诚或者有腔调，恰恰相反，是它捕鱼能力太强了，经常捕一大堆，吃不了，咬几口就扔，这种贪心和浪费被人误解了。不过这倒也启发了人们的联想力，从"獭祭"对鱼的陈列，联想到写作时对典故的堆砌。唐代诗人李商隐就因为这个，被人扣了顶"獭祭鱼"的帽子。

从古到今，春雨醉人，佳作迭出，杜甫曾经在成都就感受过的一场《春夜喜雨》——

春夜喜雨

唐·杜甫

好雨知时节，当春乃发生。

随风潜入夜，润物细无声。

野径云俱黑，江船火独明。

晓看红湿处，花重锦官城。

杜甫写出了春雨的灵魂，也写出了受春雨滋润的天府之国——成都的灵魂。有一年开春我到成都去，发现那里的雨真是这样："随风潜入夜，润物细无声。"雨过天晴的成都也真是这样："晓看红湿处，花重锦官城。"那一瞬间，我看见了千年

以前"诗圣"杜甫的看见。

　　写这首诗的时候，老杜一定按捺不住心头的快活，虽然他颠沛流离到了成都，在别人的资助下才勉强建起一个栖身的草堂，但是天府之国的一夜春雨，满城春花，却一扫他胸中的块垒，所以上来头一个字便开始叫"好"。

　　雨为什么好？因为有灵性、知时节，该来的时候来。什么是该来的时候？就是这句"当春乃发生"。

　　夜晚，春雨随风而至，滋润万物，低调得似乎未曾到来，细润得几乎落地无声。而诗人也不是用耳朵，而是用心感受到了春风化雨所带来的和煦与湿意，"随风潜入夜，润物细无声"，这两句流水对，简直是神来之笔。第三联笔锋一转，写出了一组对比，一边是"野径云俱黑"，田野小路和天上云朵都是漆黑一团；另一边是"江船火独明"，暗夜中只有江上渔船灯火明亮。这一明一暗，相反相成：唯其暗，才越发显得江船之明、渔灯之亮；唯其亮，才越发突出乌云之暗、雨势之浓。最后一联"晓看红湿处，花重锦官城"。诗人美美地睡上了一大觉。第二天睁眼一瞧，哇，整个成都城花团锦簇，千枝万朵浸透了充足的水分，挂上了晶莹的水珠，枝枝饱满、朵朵艳红，如同美人羞低了头。一座锦官城，就这样被一夜绵绵密密的好雨，滋润成了春世界、花海洋。

　　一场春雨，润物无声，滋润了杜甫的诗笔，也陶醉了唐寅的画笔。

　　唐寅是明代画家，咱们最熟悉的是他另一个称谓：唐伯虎。风流才子唐伯虎绘画上以山水见长，但是笔下的花鸟也极为生动。传说他把自己画的《鸦阵图》挂在家里，一天之内，竟然引来几千只乌鸦在屋顶上盘旋。

　　上海博物馆馆藏的《春雨鸣禽图》就是唐伯虎花鸟画的代

表作。这是一幅瘦长的画作，一树枯涩但是在春雨中冒出新芽的枝条，由画面右下角呈"之"字形曲折向上。画面上方，一只乌黑的八哥正站在枝头鸣叫。

别小瞧了这只八哥。这八哥看似简单，画起来却相当考验功力。为什么？如果是一般的禽鸟，羽毛斑斓，大可用绚丽的色彩来表现它的美丽。而八哥浑身乌黑、颜色单一，画家能借助的颜色只有一种——墨，如何准确画出八哥黑亮的羽毛呢？

这个秘诀就在于，我们中国的"墨"是一种非常神奇的颜料，"墨分五彩"，画家通过墨色浓淡的运用，可以巧妙呈现出色彩、明暗的丰富变化。在这幅《春雨鸣禽图》中，唐伯虎运用的技法是"积墨法"，也就是一种层层加墨的画法。一般用淡墨开始染第一层，待第一层将干未干之时，再用浓一些的墨画第二层、第三层，这样下来，墨色光彩十足，画出的物象也很有立体感。当然，说起来容易做起来难，如何保证线条参差交错、墨色不堆叠死板，是画家的功力。

体现功力的还有一点，你看这只八哥的脚跟枝条的关系，并不是死抓着或者死压着，而是表现出刚刚落在枝头，那一瞬间轻灵微妙的状态，枝条似乎还在微微摇颤呢。

如果说立春拉开了春天的序幕，那么雨水就真正带来了春天的气息。沥沥的雨声逐渐取代了冰霜和飞雪，标志着气温回暖，已经结束了严寒。因此人们会根据雨水节气的到来，为耕种、施肥等春播春耕的工作做准备。而此时的春雨，对于农业生产尤其重要。古人认为："雨水有雨庄稼好，大春小春一片宝"，更有"立春天渐暖，雨水送肥忙"的谚语，在雨水这个节气里，期盼着迎来充沛的雨量。

我们来欣赏一首关于春雨的诗歌。

春晓

唐·孟浩然

春眠不觉晓，处处闻啼鸟。

夜来风雨声，花落知多少。

孟浩然的五言绝句《春晓》是一首脍炙人口的诗歌，描述了作者在一个春天的清晨，一觉醒来时的种种感受。

这一天，诗人睡得酣畅淋漓，连东方破晓都浑然不觉，还是窗外那四面八方的鸟鸣之声唤醒了他。可他却随即想起了昨夜的风雨之声，不禁为那些被打落的花瓣而感到怜惜。

这是怎样的一场春雨呢？我们在字里行间可以看到，昨夜

《杏竹春禽图》　明·边景昭　绢本设色
88.2cm×153.1cm　上海博物馆藏

雨 水

的雨声并没有影响这香甜舒适的春眠，只是在醒来时才隐约想起。可见这场春雨一定是轻柔地、似梦似幻地陪伴着诗人安睡。这是一场滋润万物的春雨，尽管昨夜打落了许多花瓣，但明天的清晨，必然会有更多的花朵迎风绽放。不过，这春雨也在慢慢地消磨春光，春天终究要过去，花朵也终会凋谢。细品诗歌，我们还是能够感受到诗人淡淡的惆怅。

通读全诗，我们感到了一股清新自然的味道。诗人的语言平易浅近，个人的感触也是点到为止，着力展现出春雨所带来的大自然的气息。然而我国幅员辽阔，因此并非所有的地方在进入春天的雨水节气时，都会是诗人描述的景象。

在通常情况下，此时华南与云南南部地区早就经过了春风春雨的充分滋润，百花盛开，春色满园。西南与江南的大多数地方则是刚刚进入春天，一场雨后，田野青青，春江水暖。而北方的大部分地区则是另一番截然不同的景象。在我国的气象学上，将每五天的日平均气温稳定在10℃以上的开始日确定为春季的开始。因此，在通常2月份到来的雨水节气，我国北方的许多区域并没有真正地进入春天，依然在寒冷的天气中等待那姗姗来迟的第一场春雨。

经过春天雨水的滋润，鸟儿和树木都格外地精神起来。在

孟浩然的诗句中，我们听到的是声音与想象的意境。而美术作品又会怎样表达鸟儿和花朵的欢畅呢？我们来欣赏一幅由明代画家边景昭创作的《杏竹春禽图》。

整幅画卷展现了工笔画的风格特点，将杏花、竹子，尤其是禽鸟刻画得生动而细致。栩栩如生之间，春天的韵味和活力扑面而来。

我们从下往上看。在画面的左下角，春雨过后，山溪涨满，野鸭们有的惬意游水，有的发现了水中食物，正要低头捕捉。画家用细腻的笔法，不仅将野鸭的姿态刻画得真实灵动，就连溪水的波纹都描绘得柔软舒缓，使人体会到"春江水暖鸭先知"的初春意境。

在画面的右下方，一只野鸡站立在岩石之上。它身形健硕，昂首挺胸，双目炯炯有神。画家用深厚的功底，从身姿到眼神，刻画出雨水过后，山间的禽鸟们走出冬天的颓势，展现出焕然一新的自信和力量。从构图来说，这只昂首的野鸡，正位于画卷的主体位置，它的风貌姿态也奠定了整个作品的基调。

再向上看，杏树和竹枝将人们的视线引向画面的高处。杏花绽放，竹叶舒展，而枝头的喜鹊们更是神态生动。一只体型较大的喜鹊张嘴鸣叫，垂首欲飞，与主体位置的野鸡形成姿态的呼

应，使画面气韵相连，毫无割离之感。而其他的喜鹊占满枝头，或昂首鸣叫，或蓦然回望，也有的似乎被眼前美景陶醉，还有的在兴奋歌唱。

　　纵观整个画卷，禽鸟虽然繁多，但布局构图疏密有致，身姿表情各不相同，在彼此的呼应间，花木岩石的点缀配合下，"处处闻啼鸟"的春天景致油然而生。

在古人的诗句和画笔中，我们看到了春天的雨水为万物生灵带来了盎然生机。如果说一场秋雨一场寒，那么春雨则带来温暖和希望。智慧的中国人正是用"雨水"这个诗意的名字赋予这初春的节气，提醒和督促着人们要珍惜这春雨春光，在广阔的大地上挥洒汗水，播种希望。

霜葉丹红花不次八十
七岁
白石

《枫叶秋蝉》 齐白石 纸本设色 69.3cm×32.8cm 中国美术馆藏

惊蛰

在传统农业社会中，"惊蛰"是一个相当重要的节气，被农人视作春耕开始的信号。谚语说，过了这天，"春风摆柳，媳妇变丑"，为什么变丑？因为庄稼活儿忙起来了，媳妇也就没时间梳妆打扮了。

二十四节气里面，有四个节气对于小动物、小虫子来说最敏感，最有标志性动作。第一个是立春，"蛰虫始振"，刚睡醒，伸个懒腰，继续赖床；第二个是春分，"蛰虫咸动"，起床啦，梳洗已毕，出门走走；第三个是秋分，"蛰虫坏户"，降温了，关好门窗，准备钻被窝；最后一个是霜降，"蛰虫咸伏"，天冷了，吃饱喝足，进入梦乡。说到这儿，有人奇怪，那"惊蛰"呢？怎么没算上？不是说天上打雷，惊醒了冬眠的动物吗？

是有这种说法，而且流传还很广。不过，这种说法其实有问题，因为在二十四节气起源的黄河流域，这时候根本就不会打雷。北方的春雷，差不多要到繁花盛开的谷雨时节才开始打响，查查日历，还得一个多月呢。

那是怎么回事？原来，最早的"惊蛰"不叫"惊蛰"，叫"启蛰"。到了西汉时期，汉景帝，也就是著名的汉武帝的爸爸，叫"刘启"。这下，所有用"启"字的都得避讳，全用不了了。"启蛰"便改成了"惊蛰"。当时人觉得"启"跟"惊"意思差不多，

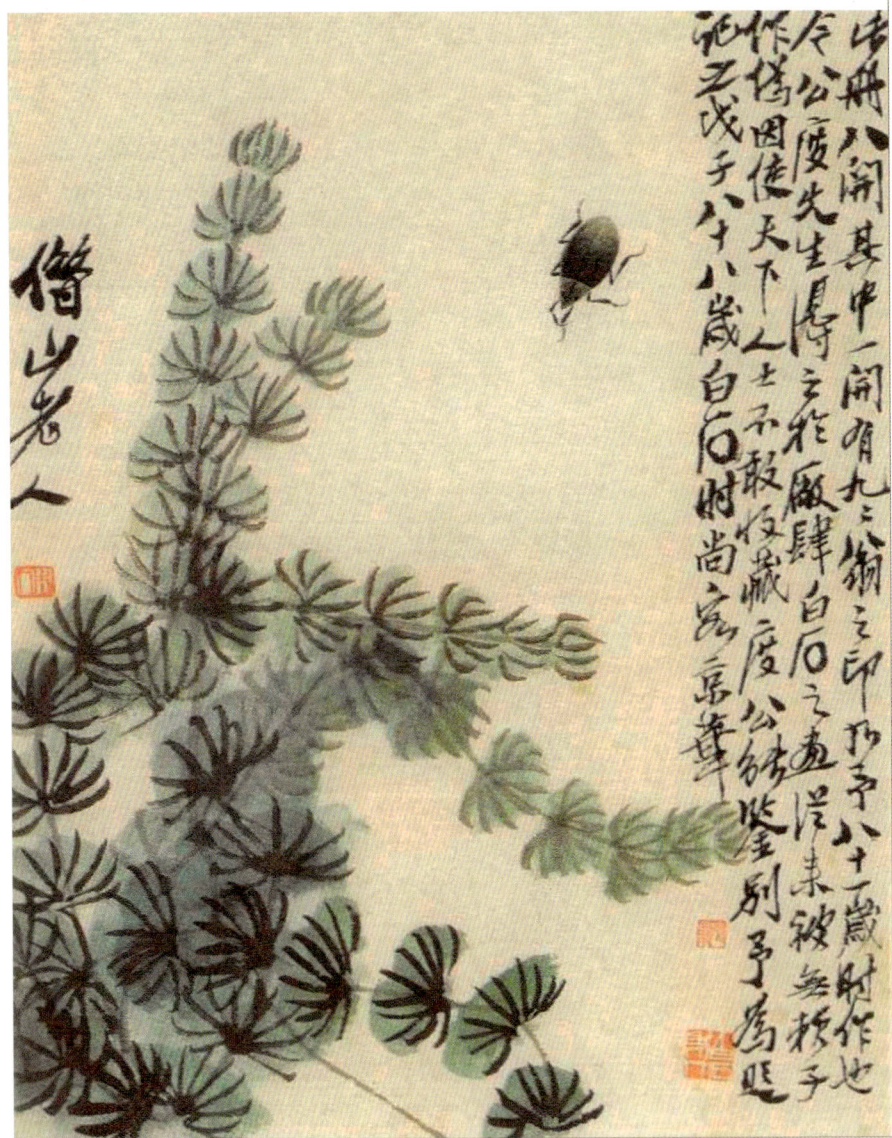

《水草昆虫》 齐白石 20世纪40年代中期 中国美术馆藏

诗书画 二十四节气

可后人越理解越远。到元代，学者吴澄直接解释为，打雷让"蛰虫惊而出走"，所以叫"惊蛰"。可咱们翻翻最早的历书，先秦时代的《夏小正》写得明明白白。启，是一个温和的渐变过程；而后来改的"惊"，却是突然间吓一跳的感觉。所以要知道，唤醒百虫的是和煦的温暖，而不是瞬间的雷霆，自然法则里，温暖比雷霆更有力量！

过了惊蛰，也就快出九九了。九九艳阳开，桃花红，梨花白，黄鹂歌唱燕归来。人们褪去冬装，像朱自清先生散文里写的："天上风筝渐渐多了，地上孩子也多了。城里乡下，家家户户，老老小小，也赶趟儿似的，一个个都出来了。舒活舒活筋骨，抖擞抖擞精神，各做各的一份儿事去。'一年之计在于春'，刚起头儿，有的是工夫，有的是希望。"

早春惊蛰，地气渐暖，比较应景的诗有唐代诗人刘方平的这首《月夜》——

月夜

唐·刘方平

更深月色半人家，

北斗阑干南斗斜。

今夜偏知春气暖，

虫声新透绿窗纱。

　　这首诗大家应该都听过，但刘方平这个名字，可能读者比较陌生。他名气不大，留下来的诗也不多，但风格清新隽永、细腻含蓄，在盛唐诗人中别具一格。

　　这个人还很有福气，祖上是大唐王朝的开国元勋，被封国公，熟悉《红楼梦》的朋友都知道国公爷的分量。祖父和父亲也都是中央级高官或者地方上的封疆大吏。儿孙们也极有出息，世代

《草虫册页》（部分） 齐白石 1924 年 中国美术馆藏

簪缨，一直传到宋朝，宋太祖还称赞过他们家儿孙守道、正直，宋真宗的皇后还想找他们家家谱连个宗。

不过刘方平本人这辈子倒是过得平和洒脱，也不出来做官，三十几岁就隐居山谷，只跟一些文友往还。他特别擅长绘画，有记载说，他的画"墨妙无前，性生笔先"，已经达到了很高的境界。

这首诗的前两句，就很有画面感。"更深月色半人家，北斗阑干南斗斜。"夜深了，地上，庭院的一半笼罩在月光下，另一半则遮蔽在阴影里，一明一暗，对比鲜明却又恰如其分，是朦

《水草昆虫》 齐白石 20世纪40年代中期 中国美术馆藏

胧夜色中常见的景致。天上，北斗星和南斗星都已经横了过来，斗转星移，正是夜深人静。

前两句，由地上而天上，从视觉入手，简练地勾勒出月夜的普遍性特点；后两句则另辟蹊径，从听觉入手，对这个普遍性特点进行了升华、点睛，一下子就从诸多写月夜的诗作中跳脱出来了："今夜偏知春气暖，虫声新透绿窗纱"。

长夜漫漫，万籁俱寂，所以早春初到的虫鸣声才会那样明显、清脆又欢快，这叫声从象征生命勃发的绿颜色的窗纱中透进来了，是万物复苏的消息透进来了，是春回大地的生机透进来了。

本来，深更半夜是气温最低的时候，虫儿却偏偏选在此时歌唱，更显得春气润物；本来，深更半夜是看不出窗纱颜色的，诗人却偏偏点出一个"绿"字，更显得春气喜人。

小小的虫儿"偏知春气暖"，所以初试新声，这是生命的快活；咱们的诗人听到"新透绿窗纱"的鸣唱，所以挥笔赋诗，这是感知生命快活的快活。你中有我，我中有你，春意盎然，诗意盎然。

平常，我们听惯了古典诗词里秋虫的凄厉；如今，在刘方平这首《月夜》里，我们听到了惊蛰后的春虫那一声声穿透古今的欢愉和生趣。我们特别为您准备了一组绘画世界里的草虫，希望春暖花开的时候您多出去走走，踏踏青，在现实世界里也去

《写生草虫图》 宋·佚名 绢本设色　25.9cmx26.9cm 北京故宫博物院藏

找找这些可爱的小生命吧。

正如诗人陶渊明在诗中写道："仲春遘时雨，始雷发东隅。"在每年的仲春时节，随着一声春雷响起，春雨浸润大地，草木复苏，地下蛰伏了一个冬天的动物仿佛被雷声惊醒，纷纷钻出地表，恢复了生机。这就是中国传统二十四节气中的惊蛰。

每年的惊蛰时分，随着气温升高、雨水增多，农业生产中的春耕也随之开始，人们开始忙碌了起来。唐代诗人韦应物就曾

在诗中写道："微雨众卉新，一雷惊蛰始。田家几日闲，耕种从此起。"在大自然中，黄鹂鸣叫，动物求偶，桃花的花芽探出头，春意也渐渐浓了。

我国幅员辽阔，在同样的时节，由于所在的地域不同，观赏者心境不同，也会有不同的感触。欧阳修是北宋著名的文学家、政治家，他的诗歌风格十分清新自然。那么，欧阳修的这首《戏答元珍》中描写的惊蛰时节又是怎样的景象呢？作者的感受有什么不同呢？让我们一起来读一下：

戏答元珍

北宋·欧阳修

春风疑不到天涯，

二月山城未见花。

残雪压枝犹有橘，

冻雷惊笋欲抽芽。

夜闻归雁生乡思，

病入新年感物华。

曾是洛阳花下客，

野芳虽晚不须嗟。

　　作者写这首诗时，刚刚从汴京被贬到了峡州夷陵。夷陵就是今天的湖北宜昌，地处长江中上游，地势复杂，山地较多。在这样的环境下，作者不由感叹：虽然已经是二月，可是山城却连一朵花都见不到，可能连春风也到不了这偏远的小城吧，这不由得让人联想起王之涣"春风不度玉门关"的诗句来。

　　抬头看，枝头上仍有冬天的残雪，覆盖在去年秋天留在枝头的橘子上。不过，春天终究是来了，第一声春雷惊醒了地下的竹笋，准备抽芽破土而出。

此时，诗人从景物的描绘转向了内心的感慨：每夜听到大雁在春天返回北方的鸣叫时，诗人都会深深思念北方的故乡，大雁能回去，诗人却回不去，只能带着身上的旧疾进入新的一年。但是，诗人没有沉浸在感伤之中，而是宽慰自己，毕竟曾经在洛阳赏尽繁花，如今也无需感叹，只要等待，山野之中的花也一定会盛开的。

从"二月"与"冻雷"来看，诗人所处的正是惊蛰时节。比起洛阳城，山城的春天迟了一些。然而，春天随着一声冻雷，终究是唤醒了自然界的勃勃生机，也唤醒了诗人心中的乐观精神。

惊蛰时节，万象更新，春意的萌动不仅体现在诗中，也体现在传统绘画中。正如《月令七十二候集解》中所写："万物出乎震，震为雷，故曰惊蛰，是蛰虫惊而出走矣。"惊蛰的响雷，使蛰伏的昆虫都活跃了起来。我们要欣赏的这幅《写生草虫图》中，草木繁盛，虫蝶飞舞，正是一幅惊蛰时节的画卷。

这是一幅绢本设色的花鸟画，作者已经无从考证了。在画面的右侧，是一丛野生的花草，其中狗尾、紫菀莛叶夹杂生长。狗尾草落笔精细，绒毛根根分明，草茎纤细而柔韧，斜伸到画面中部。紫菀花以蓝紫色填色，形态各异，有的探出头来，有的藏在叶间，分别向不同的方向开放，透出一种静谧的美。草叶与花叶都使用双勾填色画成。

草丛的上部，一只白色的蝴蝶正停在紫色的花朵上，仿佛正在采食花蜜。画面的左上角，一只蜻蜓正向下缓缓飞动，仿佛也要飞到花草丛中。画面左下角，一只威猛的蚱蜢落在地上，尾部翘起，微微仰头朝向花草，似乎正准备起跳。

画面设色淡雅，用笔工细，昆虫的描绘兼工带写，蜻蜓采用了没骨画法，写意的意味较重，而蚱蜢则是用线勾出轮廓，填充青绿的色彩，既注重了形态的细腻，又气韵生动、生意盎然。

在结构上，画面疏密有致，画面右边的花草丛十分茂密，使得画面的重心向右偏移，但左上、左下两角的昆虫又巧妙地对画面加以平衡，形成一个等边三角形，反而构成稳定的结构。两角的蜻蜓与蚱蜢头部都朝向画面中央，使整幅画富于动感，相互呼应成趣。

整幅画花草丛生、蝴蝶飞舞、昆虫跳跃，在用笔工细的同时，也兼顾了昆虫的神态与草木繁荣的景象。这幅《写生草虫图》虽然没有点明季节，却可以清晰地感受到春天万物复苏时的勃勃生机：一切都在生长，一切都在跳动，显然是惊蛰时节的仲春景象。

在这幅画中，惊蛰时分草木繁茂、昆虫跃动，而诗人欧阳修所处的山地却严寒未消，二者形成鲜明对比。但是一声惊雷所带来的春意却是相同的，在春天里，人们产生的生机与希望也是相同的。也正因如此，古往今来，人们盼望惊蛰，如同盼望新的开始与新的生命。

春分

诗书画 二十四节气

梁栖语多帘日在
蔷薇风细一帘香
世壬寿五月苏州坪小庭而作
子恺

《梁燕语多》 丰子恺

每年 3 月 20 日左右都是春分，春天刚好走过了一半，还剩下一半；太阳直射地球赤道，世界各地几乎都是昼夜一般儿长。所以，春分是个标志着"平均"的日子，用古人的话讲："春分者，阴阳相半也，故昼夜均而寒暑平。"

这个节气，有个可爱的形象代言人——燕子。咱们打小都会唱，"小燕子，穿花衣，年年春天来这里"。请注意，燕子可不是随便哪一天都从南方来，而是每年春分左右才来。燕子来，还是件大事。在古代，是要皇帝亲自去郊外迎接，并奉上最高规格祭品的，这在《礼记·月令》里有非常明确的记载。

"春不分不暖"，从春分到清明，也是一年当中气温回暖速度最快的时段，天气暖了，白昼长了，户外活动也就越来越多。放风筝，摸田螺，处处是生活。

就拿摸田螺来说吧，老话叫"清明螺蛳肥如鹅"，每年春分之后，清明之前，正是螺蛳最肥美的时候，人们趟河下塘摸螺蛳，将捉到的螺蛳泡在清水里养上三五日，便可吐净泥沙。再用水焯过，加葱姜辣椒，炝锅爆炒，一通大快朵颐之后，舌尖上的春分不光唤醒了肠胃，也唤醒了我们蓬蓬勃勃的精神。

还有一项有趣的活动，非得在这时候进行，不光中国这样，全世界都这样，那就是"竖鸡蛋"。你也可以来试试，选一只光滑匀称、刚生下来四五天的新鲜鸡蛋，轻手轻脚把它在桌面上竖起来。你可能会失败很多次，但是别着急，慢慢来，总会成功的。为什么呢？因为这里面有科学依据。春分，南北半球的白昼与黑夜一样长，地球的地轴与地球绕太阳公转的轨道平面，处于一种力的相对平衡状态，是有利于竖蛋的。选择刚生下来四五天的新鲜鸡蛋，也是因为这时候蛋黄下沉，整体重心下降，有助于稳固。

可别小看"竖鸡蛋"，这还是一项吉尼斯世界纪录呢，目前的保持者是美国人 Brian Spotts（布莱恩·斯波茨）。2011 年春分，他在中国香港的一座商场里，花了 26 个钟头竖起了 900

《春游杏花吹满头》 丰子恺　　　《青罗扇堂前燕》 丰子恺

只鸡蛋。

在文人的笔下，春分是个舒服的节气，青山绿水，草长莺飞，值得慢慢享受、好好渲染，所以大家就来一起读读宋代文豪欧阳修的这首《阮郎归》——

阮郎归

北宋·欧阳修

南园春半踏青时，风和闻马嘶。

青梅如豆柳如眉，日长蝴蝶飞。

花露重，草烟低，人家帘幕垂。

秋千慵困解罗衣，画堂双燕归。

从词意上看，写的是一位闺中少妇思念自己远行的丈夫，面对浓浓的春意，更加牵动柔情。这个题材在宋词里很容易写得悲凉哀婉，但在欧阳修笔下却格外明丽隽永。

起头，时间、地点、事件，交代得很清楚。"南园春半踏青时"，春天过了一半，正是春分时节，女主人来到南园踏青。

踏青所见，首先是"风和闻马嘶"。这有点儿奇怪：风的和煦自不必说，为什么要写马的嘶鸣呢？春日里莺歌燕舞、踏青时笑语欢声，可写的东西很多啊！哎，这正是词人的妙笔所在。一方面，古时游春踏青，常见香车宝马、雕鞍绣辔，所谓"五陵贵公子，双双鸣玉珂"，青春的人物与青春的风景本身就相映成趣；另一方面，以风和之柔搭配马嘶之刚，以马嘶之动衬托风和之静，动静结合、刚柔并济，春景，就不光有形、色、韵，还有了精、气、神。

而且，我们也未尝不可以猜测，当初，女主人的丈夫也正是这般鲜衣怒马、扬鞭远去的。如今，春和景明，再闻马嘶之声，固然是春光里的热闹，又何尝不会让女主人触景伤情呢？

时节到了春分，虽然青梅结出的果实还只有黄豆粒儿大小，

《青梅竹马》 丰子恺

《春风杨柳唱歌声》 丰子恺

诗书画 二十四节气

庭前生春草
楊柳掛長條
新鮮空氣里
功課溫得好

絮興賢臼雅屬　子愷作

《功课温得好》 丰子恺

但已毕竟过了花期；柳叶也不是早春时的鹅黄新绿，已经变成如女子眉黛一般的修长。"吃了春分饭，一天长一线"，白天越来越长，春日也走向了它最明媚的灿烂，蝴蝶飞舞，花露浓重，碧草如茵。时光就是这样流逝，越美好，越短暂。

傍晚，家家帘幕低垂，女主人在秋千上打发了一下午，此刻也回到屋内休息。无意间抬头，却看见"画堂双燕归"。燕子出双入对，是夫唱妇随的象征，此情此景，定会更加撩拨起这位孤独思妇的心弦吧。但全词戛然而止，不说破，不煽情，"状难写之景，如在目前；含不尽之意，见于言外。"让读者自己感觉吧。

我们特别准备了一组丰子恺先生的漫画。子恺先生出生于晚清时代的浙江桐乡，是我国著名的画家、散文家、翻译家和艺术教育家。他的一生，心地慈悲、品行高洁；绘画上，融合了中西技法，独树一帜，寥寥数笔，便充满了生活情韵与人道主义精神。

他爱生活、爱孩子、爱春天，在他的画里，能看到生活里的童趣和一个充满童趣的春天。

春分也被叫作"日中""日夜分"，今天过后，北半球的白天会越来越长，黑夜会越来越短，所以民间还有"吃了春分饭，一天长一线"的说法。我们从北宋文豪欧阳修的笔下，来看看春

《春酣图》 明·戴进 绢本设色 291.3cm×171.5cm 台北故宫博物院藏

春分

分时节的明媚风光。

踏莎行

北宋·欧阳修

雨霁风光，春分天气。

千花百卉争明媚。

画梁新燕一双双，

玉笼鹦鹉愁孤睡。

薜荔依墙，莓苔满地。

青楼几处歌声丽。

蓦然旧事心上来，

无言敛皱眉山翠。

《踏莎行》是北宋文学家欧阳修的作品，他的词作清丽隽永，承袭了南唐词的遗风。

词的上片写春分时节的景色。春雨过后，天空放晴，春分天气，风光正好。百花纷纷盛开，万紫千红，争奇斗艳，为春日增添了许多明媚的色彩。

装饰精美的房梁上，栖息着一对对刚从南方飞回来的燕子，

这让玉笼里的鹦鹉十分羡慕，同时又有点发愁，自己孤单单地要怎么入睡呢？

词的下片写闺中妇人的心事。住所外，薜荔顺着墙壁攀援而上，翠绿的青苔覆盖了地面。远处的青楼里断断续续地传来清丽的歌声，让女子突然想起了往事，于是沉默无言，皱起了眉头。纵使屋外正是春光明媚，也敌不过女子心中有愁事万千。

另外，欧阳修在词中提到的燕子，它可不是随随便便挑一天就会飞回北方的，它们每年都是在春分前后回来的。春分而来，秋分而去，从不爽约，如期而至，所以能看到燕子的时候，一定

是春光正盛。

　　于是，古人总结出了春分时节的三大物候特点："一候元鸟至；二候雷乃发声；三候始电。"意思是说，一候时燕子便从南方飞来了；到了二候、三候时，阳气生发，下雨时天空中会电闪雷鸣。

　　春分时，古人有很多习俗，除了我们之前讲过的放风筝、竖蛋、吃春菜，还要簪花饮酒。折下娇艳的鲜花，簪在发间，端起自酿的美酒，一饮而尽。实在是惬意安闲，胜过神仙。有一个词语叫作"春醒"，专门用来形容人们在春日里醉酒后困倦、慵懒的状态，似乎在花间饮酒至春醒，才更能够领略春天的奥义。

一盘春菜，一壶春酒，让人尽享春光，巧竖鸡蛋，忙放纸鸢，更平添了许多生活的乐趣。

古人在春分时，总喜欢叫上几个友人去踏青游玩，一起坐在林间、花下饮酒。明代画家戴进就曾经创作过一幅《春酣图》，描绘了春日里人们在山中水涧旁饮酒酣醉的场景，让我们由近及远来仔细欣赏一下。

画面的左下角有一队人马正要进山，前面有两名侍从开路，后面的小童提着两个酒壶。再往后看，有两位文士，骑黑驴的文士姿态放松，黑驴也昂首阔步；骑灰驴的文士似乎已经不胜酒力、昏昏沉沉，多亏有侍从在一旁扶着，他才在驴背上坐稳。队伍最后的小童好像还捧着文人雅游必不可少的古琴。

路旁的山石墨色淋漓，画家用浓淡不一的墨色表现出了山石的阴阳向背。三株青松粗壮挺拔，松针一簇簇地向外伸展着，青翠欲滴、生机勃勃，整体用墨轻柔湿润，显然是生长在春天雨雾中的松树。

越过山石树木，便是山中水涧，近处的小舟上，两人对坐畅饮。不过左边的这位已经微醺，靠在案几上闭目养神，右边的这位正喝得酣畅，还有个年轻人在给他添酒。对面小船上的大汉

正盯着他们的美酒，似乎想要分上一碗。

顺着山涧向上，有一座木桥，桥上的人们也有些醉醺醺的，要靠人搀扶着才能前行。水岸边还有三个人正围坐对饮，慵懒地看着对面的老翁和孩子，而篱笆后面的茅屋应该就是他们的家了。

画家在青松巨岩的另一边也安排了两组人物，下方的这组共有六人，乡亲和小童都搀扶着醉酒的男子，生怕他们跌倒了。顺着山石往上看，茂密的树丛掩映着酒馆的屋顶，酒家的旗帜正随风摆动。

不远处还有三人出游，背着包袱的这位伸手一指，旁边的两个人就顺着他手指的方向望去，山间云雾弥漫，山峰直指青天。苍松也负势而上，像是与山峰争高。

画家笔法多变，笔画具有强烈的动感，表现出了春日山峦的蓬勃生机。画作的构图也别出心裁，画家利用高大的松树和蜿蜒的山径将画面切割成许多场景，然后把不同的人物安放在其中，展现了丰富的叙事性，可见画家深厚的绘画功力。

春分过后，气温会快速回升，和煦的春风也会吹遍大地，春山绿意融融，春水连绵不断，不用春酒醉人，春风足以醉人。

《十美图放风筝》 杨柳青木板年画　68.3cm×115.1cm 中国美术馆藏

二十四节气当中的第五个节气是"清明"。古人说："春分后十五日，斗指乙，为清明，时万物皆洁齐而清明，盖时当气清景明，万物皆显，因此得名。"

意思是说，清明一到，气温升高，万物生机勃发，大地春和景明。天清气明，是这一时节在气候上的最大特点，所以叫作"清明"。

古人根据对大自然的观察，将清明节气分为了三候：一候桐始华。清明来到，白桐花开，清香怡人。二候田鼠化为鹌。田鼠躲回洞穴，鸟儿们则开始出来活动了。三候虹始见。在风光明媚的春季，雨水把空气中积攒了一个冬天的灰尘洗涤干净，美丽的彩虹才可能出现在雨后的天空。

清明既是一个节气，也是我国一个传统节日。清明节来自于上古时代的春祭活动，以祭祖为固定风俗。同时清明节还吸收了另外两个时间相近的节日的习俗：一个是寒食节，在清明节的前一天，人们吃冷食、祭祀、踏青。

而另一个节日是上巳节，农历三月初三，主要的风俗是郊外游春、春浴、被禊，也就是在河边洗浴，以此来祈福消灾。也许正是因为此时春意盎然、一片生机，几个节日都有外出踏青的习俗，清明节也拥有了另外一个名字：踏青节。

晏殊的《破阵子》，就描绘了一幅春日踏青图。

破阵子

北宋·晏殊

燕子来时新社，梨花落后清明。

池上碧苔三四点，叶底黄鹂一两声，日长飞絮轻。

巧笑东邻女伴，采桑径里逢迎。

疑怪昨宵春梦好，元是今朝斗草赢，笑从双脸生。

晏殊在做官之前，是一个普通的农家子弟，所以他对村居生活非常熟悉。因此他的词作，也总是涉及农村生活场景，《破阵子》就是其中的代表。

这阕词的上片是写景的，刻画出了一幅秀丽的清明春景图。燕子飞回来的时候，正赶上春季祭祀的日子。梨花落去之后，又迎来了清明。三四片碧绿的青苔，点缀着池中清水，栖息在树叶下的黄鹂偶尔歌唱两声，柳絮也随风轻轻地飞舞着。

上片的暮春景色，也为下片中少女的登台亮相埋下了伏笔。在采桑的路上，邂逅了东边邻居家的女孩，她笑得如花般灿烂。

正疑惑着她是不是昨晚做了个春宵美梦，原来是因为今天斗草获得了胜利！她的双颊又不由自主地浮现出了笑意。

斗草是古代妇女儿童在春天里非常流行的一种游戏。就是各自采一些花草，比试谁的花草种类最多。在《红楼梦》中就有这么一段，香菱与几个丫头各采了些花草，斗草取乐。你有观音柳，我有罗汉松，女孩们嬉戏打闹，非常开心。大观园里女孩儿们斗草的场景，就与晏殊词中描绘的"巧笑东邻女伴"的形象重叠了起来。

刚才提到，大观园里的姑娘们在春天以斗草取乐，其实在《红楼梦》中，还多次提到一项大家在清明时节非常喜爱的活动——

放风筝。宝玉有大鱼风筝，黛玉有美人风筝，宝钗放了一串七个
大雁的风筝，小说里还提到了一个带声音的喜字风筝。飞上天空
的风筝随风而鸣，铮铮有声，真的非常奇妙。

在一幅杨柳青年画《十美图放风筝》中，也生动形象地描
绘了十二个姐妹结伴踏春，一起放风筝的欢乐场景。

画中的人物表情丰富，服饰华美。她们手中放飞的风筝形
式多样、题材丰富，有老鹰、蝴蝶、骏马等动物造型的风筝，还
有西游记、八仙过海等传说故事题材的风筝。图中还能找到风
筝艺人的创新作品，立体形态的宫灯风筝，一串宫灯飞入天空，

气势非常宏大。

　　《十美图放风筝》是典型的杨柳青年画，杨柳青年画的全称是"杨柳青木板年画"，使用木板套色工艺，颜色越丰富，制作工艺越复杂，有几种颜色，就需要对应刻几块板子。这幅《十美图放风筝》的色彩非常丰富，可见其制作难度也是很高的。

　　杨柳青年画的题材范围非常的广泛，尤其是以反映现实生活为特长，不仅富有艺术欣赏性，还具有珍贵的史料研究价值。也正是因为这些现实题材的画作流传于世，我们才能有幸领略到古时春意盎然的时节，少女们追逐欢笑放风筝的美妙场景。

　　在清明这个万物都"吐故纳新"的时节，我们也不妨也像画中人一样，在清明小假期，与家人一同去踏青赏景，放一放风筝，也放飞一下自己的心情。

提到清明，我们马上就会想到杜牧的名句："清明时节雨纷纷，路上行人欲断魂。"在古代，有两个与清明节的时间相近、习俗相似的节日，一个是清明前一天的寒食节，一个是三月三日上巳节。这三个节日逐渐融合，所以现在的清明节有游春、插柳的习俗，还有祭祖扫墓等传统。

《淮南子·天文训》中记载："（春分）加十五日，（斗）

《山径春行图》南宋·马远 绢本设色
27.4cm×43.1cm 台北故宫博物院藏

指乙，则清明风至。"清明一到，气温升高，冰雪消融，天气清澈明朗，万物欣欣向荣。人们在这个时候会远游踏青，和大自然亲近，吐故纳新。放眼天地之间，景清物明，人的精神也焕然一新了。今天，让我们跟随南宋诗人，一起感受一下清明春景。

苏堤清明即事

南宋·吴惟信

梨花风起正清明，

游子寻春半出城。

日暮笙歌收拾去，

万株杨柳属流莺。

即事，就是歌咏眼前的景物，这首诗描写了清明时节西湖苏堤的美丽景色，和游人游春的热闹场面。

清明时节，仲春天气，刮过的阵阵清风把梨花花瓣吹落。游人为了寻找美丽的春天，大多会选择出城，来到西湖边踏青。到了傍晚，笙歌停歇，踏青游湖的人们散去，黄莺飞回西湖边的杨柳树丛中，鸣声婉转，春意依旧。

这首诗从白天写到日暮，将清明时的西湖景致描绘得美不胜收，把我们带进一片梨花胜雪、杨柳如碧的景象中。

诗的前两句写白天的春景。首句点明了是在清明时节，诗人用"梨花风"引出清明春光正好。天气温暖，微风和煦，洁白的梨花随风飘落。"游子寻春半出城"句中，一个"半"字，写出了出城寻春的人数众多，可见西湖苏堤上热闹非凡。

后两句写日暮的春色。作者没有正面写清明踏青时的景色优美、人声鼎沸，而是通过"梨花"和"游子"表现春景的美丽，用"笙歌"和"流莺"展现游春的热闹，人、动物和自然的相处，写出了大自然的和谐美。

游人纵情游赏，竟然从白天玩到了傍晚，可见西湖胜景让人流连忘返。游人散去，黄莺飞回，日暮的西湖成为了禽鸟的"主场"，不禁让人想到欧阳修《醉翁亭记》中的那句"游人去而禽鸟乐也"。

苏堤上的万株杨柳随着和煦的春风飘舞，除了熟悉的"杏花雨""梨花风"，清明节和杨柳也有着密不可分的联系，自古就有"插杨柳"的习俗，相传是为了纪念神农氏，曾教育人民从事耕种。

关于"插杨柳"还有一个故事：春秋时期，晋国的介子推为了明志守节，烧死在大柳树下，晋文公为了纪念介子推，下令

在介子推的忌日，百姓不能生火做饭。在介子推去世的第二年，晋文公带领群臣登山祭拜。他惊喜地发现，介子推抱树而死的那棵柳树竟然死而复生了，绿枝正随风摇曳。于是晋文公将这株柳树赐名为"清明柳"，并走到树前，折下几枝柳条，编成圈戴在头上，表示对介子推的怀念之情。

清明正是出游的好时节。温暖清新的风，唤醒了无尽的生机和活力，难怪文人墨客纷纷留下诗词画作，赞咏美好的春光。唐代诗人白居易"逢春不游乐，但恐是痴人"的诗句，表达了自己面对明媚春光时的欣喜。接下来，我们在马远的画作中感受一下灿烂的春色。

南宋画家马远的《山径春行图》，描绘了郊外草长莺飞的早春景象，展现了古人踏青游赏的悠闲。

画中临溪的两株柳树交错相生，柳条抽出了柔嫩的新芽，随风摇曳，像是刚被春雨冲洗过；柳树下几丛野花，生机勃发。树下站立着一位儒雅的文士，身穿白袍，头戴纱冠。他轻捻着胡须，头微微扬起，似乎沉醉在盎然的春意中。

顺着他的目光看去，一只小雀在空中展翅而飞，和它相对的柳枝上，另一只小雀在啼鸣，似乎是在愉快地歌唱。文士身后，有一个小童抱琴随行，二人漫步在山间。

远处的山峦，绵延起伏，山峰高峻挺立，与近处的溪流相印衬。画面中大片的留白，像是浓雾弥漫在山间，凸显出山径的幽静深远。

画家勾勒人物的衣纹采用了"钉头鼠尾描"，起笔时顿笔，收笔时渐提渐收，笔法劲利，突出衣物的质感。画家用枯笔淡墨皴出柳树的阴阳向背，再加上浓墨点染，更显生动。柳树的枝丫参差不齐，柳枝细长柔润，横斜飘荡，向画面留白处延伸，与空旷的山景融为一体。

清明时节，杨柳依依、莺歌燕舞、呼朋唤友、郊游踏青，构成了自然天成的和谐春光图景。

谷雨

碧山深处绝纤埃，缔绤衣巾称茗杯
对坐阁试新雨午瓯茶事
好翻汤瓯沸有明焚
嘉靖辛卯山中茶事方盛
陆子傅过访遂汲泉煮
雨品之真一段佳话也
徵明制

《品茶图》 明·文徵明 纸本设色 108.1cm×37.8cm 台北故宫博物院藏

"谷雨"是二十四节气中的第六个节气，也是春天的最后一个节气。

谷雨，顾名思义，就是播谷、降雨的意思。古人说的"雨生百谷"就是谷雨节气之后，气温会迅速回升，雨量开始增多，正适合农作物的生长。因此，谷雨前后是播种移苗、种瓜点豆的最佳时节。

谷雨节气有三大物候："一候萍始生；二候鸣鸠拂其羽；三候戴胜降于桑。"

"一候萍始生"，是降水量增加之后，浮萍开始渐渐滋生，也就是"萍水相逢"的时候到了。"二候鸣鸠拂其羽"中的"鸠"指的是布谷鸟。布谷鸟在田间振翅飞翔，不停地叫着"布谷布谷，快播五谷"，于是，人们称它为"布谷鸟"。"三候戴胜降于桑"，"戴胜"是一种鸟类，又称鸡冠鸟。谷雨到了，戴胜鸟在桑树上繁殖、喂雏。以上这些都是古人经过长期的细致观察，总结出来的谷雨时节的物候现象。古人讲究天人合一、依时而动，每一个节气都和他们的生活息息相关。

谷雨时节，诗人们也敏锐地感受到了气候和环境的变化，写下诗篇记录这一时节的景致和心情，王安石也为此创作过一首诗歌。

书湖阴先生壁

北宋 · 王安石

茅檐长扫净无苔,

花木成畦手自栽。

一水护田将绿绕,

两山排闼送青来。

　　这首《书湖阴先生壁》是王安石题写在湖阴先生家的墙壁上的，是一首非常有名的题壁诗。这位湖阴先生，是王安石晚年居住在金陵紫金山时的邻居，叫杨德逢。

　　江南地湿，正值谷雨时节，加上紫金山下的气候潮湿炎热。这两点正是青苔生长的最佳条件，如果不经常打扫，不出数日就会长出青苔来。但是邻居杨家的茅屋经常打扫，四处没有一点儿青苔，所以才是"茅檐长扫净无苔"。

　　"花木成畦手自栽"，庭院内的花草、菜蔬都被种植得井然有序。之所以要成畦而植，大概是因为品种繁多。这也把谷雨时节雨水丰富、草木竞放的特点表现出来了。

　　最后两句"一水护田将绿绕，两山排闼送青来"。"护田"是紧靠稻田的样子，似乎有一种环抱的感觉。"排闼"就是推门。

《谷口春耕图》 元·王蒙 纸本水墨
124.9cm × 37.2cm 台北故宫博物院藏

谷 雨

一水护田，两山排闼，满目青翠，一片生机。作者连用两个对偶句将山水拟人化，让自然万物都活了起来。

暮春景色让人沉醉，除了王安石，很多诗人也赞美过这最后的一抹春色。

范成大所写的"谷雨如丝复似尘，煮瓶浮蜡正尝新"，是

说细雨如丝的谷雨节气，最适合品尝新酒；陆游的"清明浆美村村卖，谷雨茶香院院夸"就记录了谷雨采茶、新火煮茶的时俗。

黄庭坚所写的"落絮游丝三月候，风吹雨洗一城花"，与清明时节的细雨相比，少了几分伤感，多了一丝恬淡，处处充满着生活的味道。

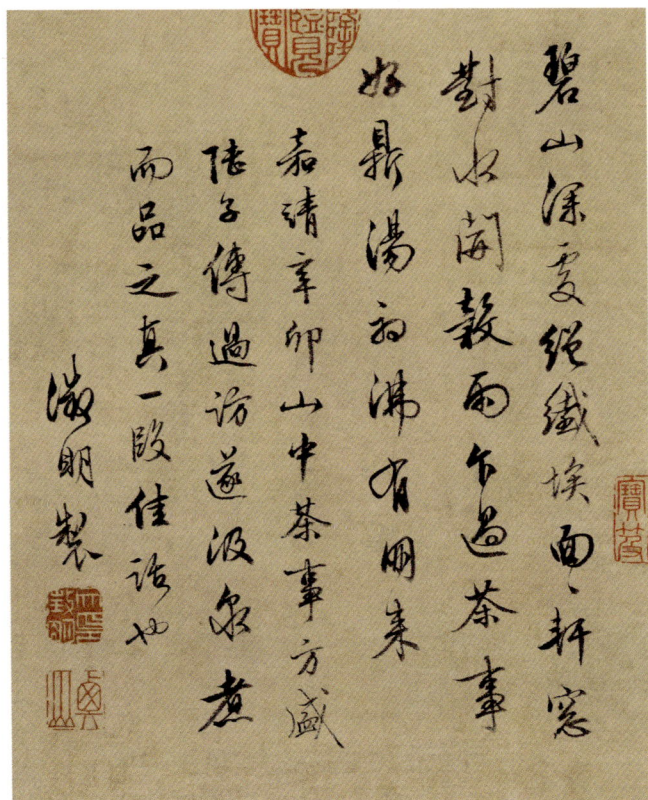

碧山深裹绝纤埃，面面轩窗
对水开。欲试茶瓯功德水，
好瓶汤初沸有风来。
春靖辛卯山中茶事方盛
陆子傅过访遂汲泉煮
而品之真一段佳话也
海朗製

父辈们常说：谷雨莫等闲，春耕到眼前。谷雨时节，气温回升，大部分地区都会进入春种春播的关键时期，田间地头到处都是一派繁忙春耕的景象。

元代画家王蒙的《谷口春耕图》，就描绘了他当年在江苏

镇江的黄鹤山隐居的时候，在谷口耕田读书的情景。

画面的最近处是蜿蜒的溪流，溪边树木掩映着一座茅屋。茅屋前面，有一个提着篮子的人，正望向溪桥边的方向，似乎正与对岸的来人互相问候。茅屋后面，画面的中景处，是这幅画作点题的部分。一片整齐的农田，农夫正在忙着耕种。再往远处看，农田的后面峰峦耸立，就像一道巨大的屏障，整幅画的气韵也因此变得高拔了起来。

王蒙的山水画以"繁"为特点，和同为元四家之一的倪瓒"简"的画风是大不相同的，但是这幅《谷口春耕图》和王蒙一贯繁密的特点也是有差别的。这幅画只用墨色，显得非常清淡，正所谓是不着一色，尽得风流。在这幅画中还有一个细节，那就是山间用重墨打的苔点。在山水画中，点苔是一种不可缺少的重要技法，历来被画家所重视，王蒙运用了浓淡不同的墨点来统筹画面气韵，以表现山林茂密苍茫的气氛。近处的墨点浓而实，远处的墨点淡而虚，这些苔点攒三聚五、繁而不乱、层次分明，充分呈现出了空间的深度和广度，也彰显了王蒙的绘画功力。

无论是王蒙的春耕图还是王安石的题壁诗，都为我们描绘出了谷雨——这个万物生长的大好时节。在谷雨的时光浸润中，一切生命蓬勃而美丽。它也在提醒我们，要珍惜这稍纵即逝的春光。

谷雨时节有很多习俗，比如吃香椿、看牡丹、喝"谷雨茶"等。我们重点来说一下"谷雨茶"。传说谷雨这天采新茶喝，可以有清火、辟邪、明目等功效。

　　虽然，这种说法只是寄托着人们身体健康的美好愿望，但谷雨时节采制的春茶的确是口感新鲜、又有很高的营养价值。因为春天的茶叶新鲜娇嫩，而且春天气温较低，一般没有病虫危害，所以，清明和谷雨时节采的春茶是一年中的佳品，因此有了采茶讲究"明前雨后"的说法。

　　很多诗人都曾经在诗中提到过谷雨茶，比如陆游写过"清明浆美村村卖，谷雨茶香院院夸"，郑板桥写过"正好清明连谷雨，一杯香茗坐其间"。黄庭坚也写过一首关于谷雨茶的诗。

见二十弟倡和花字漫兴五首（其一）

北宋·黄庭坚

落絮游丝三月候，

风吹雨洗一城花。

未知东郭清明酒，

何似西窗谷雨茶。

"见二十弟倡和花字漫兴五首"这个标题就把这组诗的写

作场景都交代清楚了。"倡和"，在这里是指诗词相互酬赠。"花字"，是指以"花"这个字的韵脚作诗。古代文人在聚会时，喜欢通过作诗来比拼才华，这时候通常会先限定主题或限定韵脚，再让不同的人写作，最后评判诗歌水平。"漫兴"，是指率意写诗，并不刻意求工。

现在，从标题中我们能看出，这组诗描述的场景是，黄庭坚和二十弟见面时，两人写诗倡和，黄庭坚分到了"花"字韵脚后，写了五首诗送给二十弟。

下面我们来看下这首诗的内容。暮春三月，柳絮飘扬，如游丝一般，轻扑人面。细风带雨，吹落一城的花朵。诗人说，不知道在都城外的东郊和你一块饮清明酒，比起在西窗下和你一块饮谷雨茶，感受会有什么不同呢？

这首诗描写了谷雨时节春花飘落、柳絮飞扬的暮春景象，同时也写出了古代文人踏春游玩、吟诗作乐的闲情逸致。

谷雨时节采制的新茶是一年中的佳品，深受人们的喜爱。而对古代文人来说，饮茶的功能已经从"食"上升到"娱"，也就是将饮茶作为一种风雅之事。平日就爱饮茶的他们自然不会错过口感最好的谷雨茶。

明代画家文徵明的《品茶图》，就描绘了谷雨过后，他和他的门生在山中饮茶聊天的场景。

这幅画构图较为独特，题跋和画作内容各占了一半。我们先来看画作的部分。

两间茅舍坐落在群山环抱之间。正中间的茅舍中，主人宾客正相对而坐，喝茶聊天。另一间茅舍中，仆人正煽火煮茶。茅舍两旁树丛环绕，古松高耸入云，一旁溪水潺潺流过，一座石桥横跨溪水之上。此时，一位身穿红衣的文人正过桥赶来。

画卷上方的题诗是这样写的："碧山深处绝纤埃，面面轩窗对水开。谷雨乍过茶事好，鼎汤初沸有朋来。"诗后有一段跋文："嘉靖辛卯，山中茶事方盛，陆子传过访，遂汲泉煮而品之，真一段佳话也。徵明制。"

陆子传是指陆师道，是文徵明的门生。这说明，嘉靖十年，也就是公元 1531 年，谷雨刚过，新茶正香，21 岁的陆师道来拜访 61 岁的文徵明，于是文徵明以茶招待他的门生。

这幅画设色淡雅，用深浅不同的青绿色表现了春天的生机勃勃。

首先，树根旁边和山石缝隙中的野草，通过深浅不一的颜色用点苔的技法画出。

其次，不同树木的树叶采用了不同的颜色和绘画技法。这幅画右侧的树叶，用浅绿色渲染，并用夹叶法画出；画右侧第一棵树的树叶和画左侧的松叶，虽然都用青翠色渲染，但分别用了胡椒点和松叶点这两种点叶法；苍松下的矮树则用了墨色的大混点；不远处的枯树直接以没骨画出。这些不同绘画技法的使用让树丛富有层次感。

最后，远山采用"空勾无皴"的手法。在勾勒山的轮廓后，直接用淡青色渲染山体，从而画出了远山烟雾迷蒙的朦胧感。

这样，用浓淡不同的青绿色描绘近景的杂草、中景的绿树和远景的青山，不仅让景色更有层次感，还让山谷更有纵深感。

黄庭坚的诗和文徵明的画，带我们了解了谷雨时节花落絮飞的气候和饮谷雨茶等习俗。谷雨过后就是立夏，所以，请珍惜这所剩无几的春光吧，毕竟"无计留春住"。

立夏

　　"立夏"是二十四节气中的第七个节气，也是夏季的第一个节气。二十四节气的确立时间有先有后，立夏这个节气的确立可以追溯至战国末期，至今已经有两千多年的历史了。

　　"夏"这个字最开始的时候，并不是指季节。我们来观察一下甲骨文、金文和小篆中"夏"的写法就会发现，它看起来特别像一个人的样子，从上到下依次是脑袋、双手和双脚。《说文解字》中对"夏"的解释是："中国之人也。"这里的"中国"指的是中原一带的意思。再后来，"夏"才被用来借指一年当中的第二个季节。在古代中国农业社会里，立夏这天以后，农作物可以享受充足的热量和水分，就会生长得比较旺盛，因此"立夏"也有农作物开始蓬勃生长的意思。

一个具有如此重要意义的节气，在诗词中自然也少不了它的身影。我们来一起欣赏南宋诗人陆游的《立夏》。

立夏

南宋·陆游

赤帜插城扉，东君整驾归。

泥新巢燕闹，花尽蜜蜂稀。

槐柳阴初密，帘栊暑尚微。

日斜汤沐罢，熟练试单衣。

南宋诗人陆游的《立夏》开头两句："赤帜插城扉，东君整驾归。""赤帜"本意指的是红色的旗帜，后来用来比喻太阳。第二句中的"东君"在这里指"司春之神"。这两句诗的意思就是说，火红的太阳高高地悬挂在城墙上，掌管春天的神仙也要摆

《湖庄清夏图》 北宋·赵令穰 绢本设色 19.1cm×161.3cm 美国波士顿美术馆藏

驾回去了,夏天就要来了。

接下来的四句就是诗人对于周围景物的细致观察了。首先他抬头看了看自家的屋檐底下,"泥新巢燕闹"。这告诉我们,燕子不但已经把"巢"筑好了,而且很有可能已经孵出了新生命;再看看自家的花圃,"花尽蜜蜂稀"。春天盛开的繁花也已经落尽,因此蜜蜂采花的身影都少了起来。再抬眼看看院子门口的树木,"槐柳阴初密",树荫也开始浓密起来了。"帘栊暑尚微",这一句交代了作者是在房间里来观察这一切的。透过窗户吹进来的风,还不是那么热,所以说"暑尚微"。

这个时候日头也偏西了,诗人要干嘛呢?"汤沐",就是要洗澡了。洗完澡,换上精细煮炼过的素绢制的单衣,正式迎接夏日的到来。

除了诗人捕捉到的这些立夏时节的变化,在古代还有很多关于立夏时节的说法。比如在《礼记·月令》中曾有记载:"蝼

蝼鸣，蚯蚓出，王瓜生，苦菜秀"，这都是立夏时节的几大物候
特点。

在中国古代的农业社会中，向来很重视立夏这个节气。据
说在立夏这一天，帝王要带领群臣前往郊外举行"迎夏"仪式。
君臣都要穿着朱红色的礼服，连身上的配饰，乘坐的轿辇和插着
的旗帜都得是红色的，共同祈求风调雨顺，农业丰收。而且宫廷
里还会有"立夏启冰"的仪式，就是将去年冬天储存在冰窖中的
冰块赏赐给百官，代表皇家对于群臣的关爱。

除了皇家活动，民间立夏时的习俗就更丰富了。比如南方
的小孩子们之间会玩一个叫"斗蛋"的游戏，就是将煮好的鸡蛋
放在网兜中，然后进行比拼。具体怎么玩儿呢？就是拿鸡蛋尖的
那一端和圆的那一端分别互相碰撞，最后完好无损的为胜。

上海也有"节交立夏记分明，吃罢摊粞试宝秤"的说法，就是说在立夏时要吃芋头和金花菜制成的煎饼，然后无论男女老幼都要称一下体重，据说在这一天称了体重后，就不会再怕炎热的夏季，不会有病灾缠身了。当然这只是民间的习俗，是经不起认真推敲的。但是为我们传达的理念是可以借鉴的，那就是立夏之后暑气来袭，要更加注意身体的保养了。

　　接下来我们就在北宋画家赵令穰的《湖庄清夏图》中，一起来感受初夏时节的景致吧。

　　这幅画描绘的是初夏时节的美景。为什么说是"初夏"呢？我们前面欣赏诗作时，提到过"槐柳阴初密"，意思就是说树木的枝叶还没特别茂密呢。我们再来看这幅画中的树木，是不是就是"初密"的感觉呢？还有一点，就是水岸边有大片的荷叶，

但是几乎看不到荷花。仅通过这两点，我们就可以判断画面中的场景是初夏时节。

我们来从右往左欣赏这幅画卷。画卷的右侧是一处庭院，高树挺立，垂柳拂岸，紧接着有一座小桥连接两岸，岸边荷叶田田，岸上绿树成荫，旁边又是一大片开阔的水域，而且可以看到有弯弯曲曲的河流通向远方，使画面充满了悠远的意境。在经过这片水域之后，可以看到在一处茂密的树林掩映下，有几间房舍，房舍后面也是一片林木，在云雾的笼罩中，若隐若现，很是灵动。在画卷的左侧，接近卷末的地方，描绘了三株形态各异的大树，这好像是诗人有意的设计，要和卷首的三棵大树呼应，在深远的空间中，形成一种美妙的互动。

看到这儿，我们可能会有点纳闷，这不是一幅山水画吗？

但是几乎看不到山，是真的没有山吗？这其实是作者巧妙地留下了伏笔。我们刚才提到，雾霭深处蜿蜒流出的水流，但水的源头却被雾霭遮住了。这反而让我们好奇：这山泉来处，是何等的山川，是何等的景色。

总体来看，这幅画运用的线条较少，点染较多，比如林间弥漫的雾气和湖边的荷叶，都是点染而成。画中的一大主角就是"水"。首先是湖水，画家在构图时巧妙运用了水流的灵活趋势来布局，使画面看起来格外宛转流畅。其次，如果我们仔细观察的话，还会发现在画面的中上部，有一条淡淡的水雾，这条水雾几乎横贯了整幅画面，就像是一条纽带将画面各部分有机联系在一起。画家对于"水"这个元素的运用，使画面好像氤氲起一种属于初夏时节的温润的感觉。

立夏将离春去也，几枝蕙草正芳舒。年年岁岁，春去夏归。我们不妨也走到户外去，看看大自然中的细微变化，体会初夏时节的万物风情。

小满

"小满小满，麦粒渐满。"古人命名"小满"这个节气时，更多的是表达了一种收获在即的喜悦。此时，麦类正在由青转黄。过不了几日，金色的麦浪就会在微风中起伏，宣告着丰收的来临。宋代诗人范成大的《四时田园杂兴》中描写夏日景象的，有一首就和小满这个节气有关。

夏日田园杂兴（其一）

南宋·范成大

梅子金黄杏子肥，

麦花雪白菜花稀。

日长篱落无人过，

惟有蜻蜓蛱蝶飞。

　　范成大的这首诗是描写初夏江南农村景象的。初夏时节，江南地区的梅子成熟了，麦子也开始抽穗，所以是"梅子金黄"而"麦花雪白"。除此之外，"杏子肥"了而"菜花稀"了。这两个对偶句很自然地将春夏过渡时的万物变化描写出来了。

　　那么为什么白天路上见不到行人呢。因为江南四月，是割麦分秧的忙碌月份，农民整天在田地上劳作，早出晚归，所以才会"日长篱落无人过，惟有蜻蜓蛱蝶飞"。诗人不直接写劳动，却从侧面反映出了小满前后江南地区劳作的忙碌情形。

在我国的南方地区，流传着这样一句谚语："小满动三车"，这三车分别指的是丝车、油车和水车。小满节气到来的时候，农户要做很多准备。第一样就是动丝车，这一时期春蚕都已经结茧，蚕妇需要煮茧、整修丝车、准备缫丝，因此便开始了昼夜不停的操作。与此同时，田野中的油菜花也都结籽了，需要将油菜籽采下，在工坊里磨油，这也就是动油车的来历了。更忙碌的是下田插秧的人，他们一边准备带土分苗，一边还得应对天气的变化。如果遇到梅雨泛滥，则需要用桔槔——也就是一种汲水工具来救灾。如果天旱，就用连车来引水灌溉田地。这也就是"动水车"的来历。

古语中在形容这一时期的繁忙时说道："跨出丝车，跨进

水田。"可见小满不仅仅是小麦急忙抽穗的阶段，还是农人们为了收获而忙碌的时候。

　　而在我国的北方地区，"小满"这个节气是属于麦子的。这个时节的小麦，是秋播夏实的冬小麦。往往在九十月份播种，度过一冬的休眠期后，在来年春天返青拔节，在立夏时节抽穗开花。到了小满，在薰风暖阳之下，虽然仍是一片青绿，但此时的麦粒可以说是蓄势待发，一颗颗都像鼓着腮帮子一样，泛出一层透明的绿色。等到这晶莹的嫩绿变为黄绿，麦子也即将成熟。小满之后，再过十天半月，麦香飘飘，滚滚的麦浪将会把大地染成一片金黄。

　　中国古代将小满分为三候："一候苦菜秀；二候靡草死；三候麦秋至。"这是说小满节气中，苦菜已经枝繁叶茂；而一些枝条细软、喜阴的草类，在强烈的阳光下开始枯死；麦子也

《夏景山口待渡图》　五代南唐·董源　绢本设色
50cm×320cm　辽宁省博物馆藏

开始成熟。旧时有在小满吃苦菜和尝新麦的习俗，寓意吃"苦"尝"新"；一些植物枯死了，一些植物成熟了，寓意枯荣有度。小满这个节气，所带来的除了即将收获的喜悦和忙碌之外，还有对生命盛衰的体悟。

"小满大满江河满"，这句古谚语是说南方地区一到这两个节气，降雨量就会变得很大。这样一听，南方的初夏反倒有一种清凉之感。有一位画家，就将初夏的江南画了下来，接下来我们要欣赏的是五代画家董源创作的《夏景山口待渡图》。这幅画描绘的是典型的江南山水，灵秀幽远，青山碧水，江南的物华天宝，人杰地灵在这件作品中获得了淋漓尽致的展现。

我们来看这幅画，设色淡雅，意境旷远，画山使用的是一种常见的山水画技巧——披麻皴。这幅画最大的特点是层次感极强，由近及远，由浓渐淡，远处犹有万重山，层次感和空间感是董源这位画家静心营造的。

董源以江南平缓的山峦为主题，取平远之景。对近处岸边的柳树，以及阔叶树丛、水草、芦苇等等，都做了精心的描绘。左边，江中的渔人正静静地下网捕鱼，两三行小舟正缓缓地行驶在江水中，将人们的目光引导到遥远的江天交界处；右边，有一条渡船正从对岸驶来，船上的旅客三三两两向近景的渡口眺望，点出了待渡的主题。中景画的是大片的密林，掩映着几家农舍，

山脚下有人正在拉网捕鱼，一片生机盎然。而远景，则是缓缓向远方延伸的丘陵。

这幅画是董源关于初夏的直观感受，这个时节天气没那么热，但是江南又常常下雨，因此除了山间的云雾，就连远处的江面上也染出了升腾起的雾气，这些都很好地将江南多雨潮湿的初夏氛围表现出来了。

小满是夏天的第二个节气，不仅代表着夏天刚刚开始，还蕴藏着朴素的哲理。"四月中，小满者，物至于此小得盈满。"

这里的"小得盈满"就是一种适度的状态，万事万物，一旦发展到鼎盛，就会开始走下坡路，这其实也是中国传统儒家中庸之道，忌讳"太满""大满"，所以才有"满招损，谦受益"和"物极必反"的说法。因此在二十四节气的命名上有一个独特的现象，有小暑必有大暑，有小雪必有大雪，有小寒必有大寒，有小满却独缺大满。

所以说啊，小满，或许才是人生的最佳状态。

芒种

千畦水泽正瀰瀰竞插新秧恐後时亚旅
同心欣力作月明归去莫嫌遅
令序当芒种農家插蒔天候分行整整伊
看影芊芊令開歌發我齊聽鼓前一朝
千頃遍長日正如年
甫田萬井水瀰瀰抜得新秧欲插蒔槐
夏麦秋天氣好及蒔樹蓋莫教遅

耕第十圖 插秧

《耕织图之插秧》 清·焦秉贞 绢本设色 26.5cm×30cm 美国国会图书馆藏

"芒种"是农历二十四节气中的第九个节气。也是夏季的第三个节气，表示仲夏时节正式开始。

芒种有"三候"。初候，螳螂生。据说螳螂都是在前一年的秋天产卵，等到第二年的芒种前后时，便会破茧而出。二候，鵙始鸣。"鵙"据说指的是伯劳鸟，"鵙鵙"就是它的叫声。三候，反舌无声。"反舌"指的是"反舌鸟"，这种鸟一般在春天就开始鸣叫，到了芒种时节，会稍微停歇。正是因为古人的这种细致观察，让每一个节气都和有趣的物候特征联系在一起。

唐代诗人元稹也是一个对节气有着独特感情的人。为什么这么说呢？因为他曾经为二十四节气创作过系列组诗《咏廿四气诗》。我们今天就来看看他笔下的芒种有着什么样的风情。

咏廿四气诗·芒种五月节

唐·元稹

芒种看今日，螳螂应节生。

彤云高下影，鵙鸟往来声。

渌沼莲花放，炎风暑雨情。

相逢问蚕麦，幸得称人情。

　　开头作者就点明了我们在前面提到的芒种初候，螳螂生。这一天"彤云"密布，也就是天空布满了很厚的云彩，这可是下雨的前兆啊。"鹝鸟"仿佛也预感到大雨即将来临，飞来飞去，叫个不停，这个时候正是它捕食的好时机。为什么呢？因为下雨前空气湿度变大，虫子的翅膀上会有水汽凝结，它们就飞不高了，而"鹝鸟"同样飞得比较低，这就为它的捕食创造了良好的条件。

　　远处清澈的水池中莲花盛放，炎热的风中夹杂着暑雨将至的潮湿感觉，轻拂着人们的脸庞。来来往往的人们在相见后，互相询问着今年蚕丝和麦子的收成，所幸今年的收成还算让人满意。

　　其实对于农家来说，"芒种"是一年中最繁忙的时节之一。

"芒种"的"芒"，本意是指植物种子外壳上的针状物，后来就泛指带"芒"的作物。在《月令七十二候集解》中就有"五月节，谓有芒之种谷可稼种矣"的说法。但"芒种"，可不只是"忙着种"，还要"忙着收"。在华北地区，可以说是"收麦种豆不让晌"，而长江流域则进入了梅雨季节，呈现的是另一番忙碌的景象——"插秧割麦两头忙"。正如一句民间谚语所言："有芒的麦子快收，有芒的稻子可种。"所以只有抓紧芒种这个"黄金时段"，最后的收成才有可能"幸得称人情"啊。

在南宋诗人陆游的《时雨》中曾有过这样的描述："时雨及芒种，四野皆插秧。家家麦饭美，处处菱歌长。"诗中描绘的就是芒种时节的南方田园景致。那这样的景致入画，又会是怎样一番风情呢？我们今天要一起欣赏的，就是清代画家焦秉贞的《耕织图》组图中的一幅——《插秧》。

《耕织图》这个题材的画作最早是由南宋画家楼璹所作。当时他共绘制《耕织图》45幅，画中描绘的男耕女织的农业图景深受历代帝王喜爱。

到了清朝，据说康熙皇帝南巡时，偶得楼璹的《耕织图》，感慨农夫、织女生活艰苦的同时，命当时的宫廷画家焦秉贞在楼璹《耕织图》的基础上，重新绘制《耕织图》，其中包括耕图、织图各 23 幅，且每幅图都配五言律诗一首。康熙皇帝在此基础上又为每幅图题七言律诗一首，这种"书画合璧"的传统册页装裱形式非常雅致。除此之外，他又分别为"耕图"和"织图"写了题签。《耕图》题签为"一犁杏雨"，《织图》题签为"三径桑云"，由此也可以看出康熙皇帝对这组《耕织图》发自内心的喜爱。

我们要重点解读的就是其中这幅《插秧图》。一般在水稻育种的时候秧苗会种得比较密集，所以要先从秧田中"拔秧"，然后再在稻田中"插秧"，来让水稻获得更多的生长空间。画中描绘的正是农家"插秧"的景象。以河岸为界限，画面中共有两组插秧的人。他们有的低头插秧；有的一手抱着秧苗，另一只手做插秧状，彼此攀谈着；还有的正在田埂上小憩。一派田间地头的忙碌之景。

焦秉贞的绘画是在传统中国画的基础上，融合了西方绘画的技法。比如说画面中远处的留白，它所营造的深远意境，就是中国画典型的表现手法。而画中人物的大小、道路的宽窄，随着空间远近而变化，都非常自然，这又是西方绘画的"焦点透视法"。这就使得"插秧"这一场景兼具写意与写实的风情。

其实在"插秧"时节，民间也有特定的习俗。比如第一天插秧，

就称为"开秧门"。在这一天，参与劳作的人们除了要吃丰盛的饭菜之外，还要吃一颗鸡蛋，寓意为"讨彩头"；"插秧"结束，则称为"关秧门"，有些人还会绕稻田走一圈，再拔一把秧苗带回家，寓意"秧苗认得家门，丰收由此进门"。从这些习俗中，就可以看出芒种时节的"插秧"对于农家一年收成的重要意义。

芒种这个节气，可以说是充满了"忙"的诗意。在四时节气运转中，古人规律地生活作息。一边收获着成熟的果实，一边种下新一轮的希望，在忙碌中守望着未来的丰盈。这对于时常感觉被裹挟于忙碌生活洪流中的现代人，或许也能有一些关于生活、关于人生的启迪。

夏至

　　众所周知，二十四节气的确立是有先后顺序的。早在公元前7世纪，古人用土圭测量日影，将每年日影最短的一天定为"夏至"。所以夏至是最早被确立的节气之一。

　　每年6月21日或22日，太阳直射地面的位置达到一年的最北端，几乎直射北回归线。这时，北半球的白天达到最长，并且越往北越长。举个例子，在我国的最北端，黑龙江漠河的北极村，夏至这一天，白昼时间能够长达21个小时。

　　夏至过后，太阳直射地面的位置开始南移，北半球的白天日渐缩短。民间就有"吃过夏至面，日渐短一线"的说法。

　　夏至时阳气非常旺盛，《周易》认为，夏季属火，对应五脏之心。因此夏至以后，养心是关键。《遵生八笺·四时调摄笺·夏季摄生消息论》中就说到，夏季"更宜调息净心，常如冰雪在心，

夏至

炎热亦于吾心少减，不可以热为热，更生热矣"。这大概就是我们常说的"心静自然凉"吧。

关于暑天将至的夏至节气，历代诗人也写下了不少诗篇，记录在这一时节的生活和心情。让我们通过南宋诗人杨万里的一首诗，来感受一下他的"夏至心情"。

夏至后初暑登连天观

南宋·杨万里

登台长早下台迟，

移遍胡床无处移。

不是清凉罢挥扇，

自缘手倦歇些时。

《夏至后初暑登连天观》的题目直截了当地点明了诗人写这首诗的时间和地点：刚过完夏至的连天观。这里所说的连天观是杨万里在广州出任提举时经常登临游览的一个地方。虽然他在这里任职只有一年，但他还写过好多首登连天观的诗篇，可以看出诗人对连天观的喜爱和连天观景色的优美。

下面让我们欣赏一下诗的内容。刚过夏至，太阳早早地升

　　了起来，落山时却已经很晚了，太阳炙烤着地面。诗人起了个大早登上高台，以为台上会更凉快一些，结果发现相差无几。诗人坐在胡床上休息，暑气把他蒸得焦躁不安，于是他搬着胡床试遍了高台的每一个角落，都没有一个清凉的地方。

　　大家可能对这里的"胡床"有些好奇。其实，胡床并不是床，

《竹梧消夏图》 明·仇英 绢本设色 45cm×37cm 武汉博物馆藏

诗书画 二十四节气

而是古代的一种坐具，可以折叠，方便携带，又叫"交椅"。宋、元、明乃至清代，贵族官绅外出巡游狩猎，都带着这种椅子，以便于主人随时随地坐下来休息。于是交椅渐渐成为身份的象征，所以有了"第一把交椅"的说法。简单说，有点类似于我们今天常说的马扎吧。

诗人"移遍胡床无处移"，只能靠扇扇子来降温。忽然，他却停了下来。是感觉到凉快了吗？原来啊，不是诗人感觉到清凉才停下扇扇子，而是他感觉扇累了，要停下来休息会儿呢。

这首诗语言平实，生动幽默。杨万里别出心裁地通过"移遍胡床""手倦罢扇"两个动作的描写，把夏至后的燥热淋漓尽致地表现出来，虽然全诗中没有一个热字，热浪却透过诗篇向我们扑面而来。

杨万里的夏至并不都是燥热难耐的，他曾经在雨后夏至的日暮时分，和好友漫步山间溪边，写成两首清爽宜人的七绝，我们来欣赏一下其中一首："夕凉恰恰好溪行，暮色催人底急生。半路蛙声迎步止，一荧松火隔篱明。"看来这场及时雨让杨万里酣畅淋漓，必须著成诗篇才能宣泄出他胸中的畅快。诗人用他娴熟的笔调，生动的描写，轻松驾驭各种文风，给我们展现了迥然不同的夏至情景。

　　炎炎夏日中，我们有空调、风扇，还有冰箱里的冷饮、冰激凌给我们降温。那古人如何度过漫长的酷暑呢？下面，我们来欣赏一下仇英的《竹梧消夏图》，与画中古人一起在山溪竹林间纳凉消暑吧。

　　在这幅设色画《竹梧消夏图》中，右上角的青山连绵起伏，山脚下薄雾如纱，像是一片山色空蒙的缥缈仙境。画面中疏竹成荫，两个穿着宽袍长袖的古人相对而坐，轻抚胡须，洒脱自然。竹林之畔，在一株枝繁叶茂的梧桐树掩映下，一座四四方方的凉亭搭建在浅溪上。亭阁尖顶飞檐，亭阁内一面山水画照壁与远处山水相得益彰。庭中几案上摆放的书卷、文房四宝使这幅画透露出一丝书卷气。亭中一位老者倚着栏杆，挥着羽扇，目视着溪流若有所思。右下角怪石嶙峋，与右上角的青山形成内容上的呼应。

仇英的画作设色很有特点，这幅《竹梧消夏图》在设色上也同样别具匠心。整幅画轴设色清新雅致，用矿物质染料上色的青绿色山头与水边亭榭形成着色上的呼应，这种冷色调的使用给我们带来清凉古雅的视觉感受。同时，画家在染绘山头的石青、石绿时，用赭石色打底，并在山脚留出赭石基础色，所以从山脚向上依次呈现出赭石色、石绿色和石青色。这种层层累加、逐渐过渡的形式感，正是中国青绿山水画的独特美感。

　　"消夏图"作为一个中国画中常见题材，各朝代都有画家描绘。按照内容分类，可以大致分为"高卧度日""林荫消夏""水阁纳凉"。"高卧度日"代表作有元代画家刘贯道的《消夏图》，"水阁纳凉"的作品有明代画家沈周的《江亭避暑图》，而这幅《竹梧消夏图》同时具有"林荫"和"水阁"，可以说是凉爽至极了。在没有冷气的古代，古人发挥他们的智慧，因地制宜，度过漫长的夏季。

　　人间消暑意，竹荫绿水间。我们不妨像《竹梧消夏图》中的古人一样，在山水之间放飞心情，以平静祥和的心态迎接酷暑的到来。

小暑

《风雨归舟图》 明·戴进 绢本设色
143cm×81.8cm 台北故宫博物院藏

"小暑"是夏天的第五个节气，表示季夏时节，也就是夏季的最后一个月——农历六月的开始。《月令七十二候集解》中这样解释小暑："暑，热也。就热之中，分为大小，月初为小，月中为大，今则热气犹小也。"暑，就是炎热的意思，小暑顾名思义就是小热，还没有到特别热的大暑节气，也就是说天气开始炎热。所以，民间就有"小暑过，一日热三分"的谚语。

　　像其他节气一样，我国古代把小暑也分成三候："一候温风至；二候蟋蟀居宇；三候鹰始鸷。""一候温风至"，是说小暑之后，地面上不再有一丝凉风，所有的风中都夹杂着热气；"二候蟋蟀居宇"是说蟋蟀因为炎热离开了田野，躲到墙角下乘凉了；"三候鹰始鸷"是说老鹰因为地面温度太高而飞到空中乘凉。

　　小暑时，江淮地区的梅雨即将结束，盛夏开始，气温升高。人们不堪忍受夏季的高温，寻找各种方式纳凉。诗人也不例外，唐代诗人白居易曾说"热散由心静，凉生为室空"，他采用的是最原始也是最有效的纳凉方法：心静自然凉；北宋诗人秦观"携杖来追柳外凉，画桥南畔倚胡床"，他在柳林中的桥边倚着胡床纳凉，我们可想而知他的舒爽。南宋诗人曾几在这个时节漫步林中，山道的凉爽和闲适引得诗人诗兴大发，写下这首《三衢道中》，给小暑中的我们带来一丝清凉，现在让我们来欣赏一下。

三衢道中

南宋·曾几

梅子黄时日日晴，

小溪泛尽却山行。

绿阴不减来时路，

添得黄鹂四五声。

　　本诗的题目直截了当地点明了地点：三衢，就是指浙江衢县，也就是今天的浙江省衢州市，因为境内有三衢山得名。这首诗写的就是他在衢县境内旅行的感受。

　　诗的第一句点明了时间。梅子金黄的时候正是梅雨季节，这个时候难得有这样"日日晴"的天气，天朗气清让诗人心情愉悦，因此他游兴大发。次句写出了他的出行路线，他在小溪上泛舟前行，行到小溪尽头，游兴却丝毫不减，于是他弃舟上岸，登山前行。一个"却"字，点明了诗人高涨的游性。三四句紧承"山行"，"来时路"悄然点明这是旅行的归途，茂密的绿荫仍然不减登山时的浓郁，舒爽宜人。"添得"二字则暗示出归途的游兴依然浓厚，所以能注意到路边树林里，悦耳的黄鹂啼鸣，为三衢山道增添了无穷的生机和意趣。

　　这首记游诗明快自然，富有生活韵味。小溪、青山、浓荫、黄鹂在诗人笔下浑然天成，描绘出浙西山区夏日的秀丽景色。虽然诗人没有明写自己的感情，但他在景物的描绘中注入自己愉快欢悦的心情，让我们领略到平凡生活里的夏日情趣。

　　曾几在梅雨时节的晴天泛舟溪上，怡然自得，明代画家戴进所画的《风雨归舟图》中的农夫就没有这么幸运了。大雨倾盆，雨雾弥漫，农夫们虽然被淋得狼狈不堪，但想来他们应该是乐在其中，享受夏日中久违的清凉。现在让我们来欣赏一下。

　　戴进在创作这幅《风雨归舟图》时，严谨安排景物，所以

布局清楚明晰，富有层次。远景的层峦叠嶂，云山雾隐，营造出一片虚无缥缈的氛围；中景的远山、竹林、屋舍、枯树、溪桥、芦苇错综而不杂乱，头戴斗笠，身披蓑衣的农夫扛着木柴踏上小桥，他身前的两个同伴吃力地撑着纸伞，不让伞被狂风刮走；近景的树木、山崖、归舟相互依照，逆风前行的小舟船头，一个老人和一个小孩依偎在纸伞下，想来他们应该是一对感情融洽的祖孙吧。船尾的船工吃力地撑着船篙，要把这对客人安全送上岸。

戴进以自然的风雨云雾作为创作主题，创作了这幅《风雨归舟图》，这个主题可以追溯到南宋的夏圭。这都得益于戴进的山水画仿效两宋时期的画作，尤其马远、夏圭的作品。不过和宋画相比，戴进画作中风势和雨势更加强烈，笔墨也更加恣意奔放。这幅画突出了"致广大，尽精微"的风雨表现技法，为了捕捉暴雨骤降时的场景，画家在构图时运用宽阔的湿笔，快速斜扫过画面，表现出大雨滂沱、雨雾翻腾的撼人气势，这就是上面提到的"致广大"。再在雨雾中用淡笔勾勒出高山、竹林的轮廓，营造出"山色空濛雨亦奇"的氛围。同时他描绘的翻折的树叶、芦苇，逆风行驶的小舟，形成一种逆向的美感，加强了整幅画的动势。从这淋漓豪放的笔势之中，我们可以看出画家奋笔疾挥的饱满激情。同时，农夫们被风刮起的蓑衣、短裤，逆风顶在身前的雨伞，随风飘摇的芦苇、竹林都从细节处表现出雨骤风急的气势，这就是上面说的"尽精微"。总之，这幅《风雨归舟图》以它精湛的表现技法成为风雨画中的翘楚之作。

"节进小暑进伏天，天变无常雨连绵"，既然我们无法把握小暑后的天气，那不妨享受不同天气带给我们的不同乐趣，感受晴空万里的闲适，体会暴风骤雨的激情。

大暑

"大暑"是夏天的最后一个节气。虽然已经是夏季的尾声了，但其实这个时候，才是中国大部分地区一年中最热的时节。我们平时总说"三伏天"，这其中的"中伏"，指的就是"大暑"前后这段时间。

《月令七十二候集解》中将"大暑"分为"三候"："一候腐草为萤；二候土润溽暑；三候大雨时行。"为什么说是"腐草为萤"呢？因为陆生的萤火虫一般把卵产在枯草上，大暑前后，萤火虫会破卵而生。在古人看来，萤火虫就好像是枯草变成的，所以叫"腐草为萤"。"土润溽暑"就是土地也变得湿润起来，因此也就有了"大雨时行"，土壤中的水汽蒸腾，遇冷化作了酷暑天的一场大雨。

在北宋文人苏轼的《六月二十七日望湖楼醉书》中，就为我们描绘了这样一场发生在大暑时节的雨。

六月二十七日望湖楼醉书（其一）

北宋·苏轼

黑云翻墨未遮山，

白雨跳珠乱入船。

此藏书道人，浮可为世间刘帆读高，镶掇於班
高江村二百餘年，心楼而赞见之作以故事附纪

《消夏图》 元·刘贯道 绢本设色 29.3cm×71.2cm
美国纳尔逊·艾特金斯艺术博物馆藏

卷地风来忽吹散，

望湖楼下水如天。

　　本诗是苏轼的《六月二十七日望湖楼醉书》系列诗作中的第一首，是他贬居杭州时所写的。

　　这一天，苏轼喝了点儿小酒。微醺之后，他站在西湖旁边的望湖楼上，悠然自得地欣赏眼前的西湖景色。此时正值大暑时节前后，好好的天儿说变就变，天空中瞬间乌云密布。这云是什么样的呢？苏轼说了——"黑云翻墨"，意思就是像打翻了的墨水一样。大家可以想象一下，把墨汁打翻在清澈的水中，墨汁在水中四散的姿态是不是就很像天空中翻滚的乌云呢？

　　这时候雨点儿也下来了——"白雨跳珠乱入船"。为什么说是"白雨"呢？其实这是夏天一种特殊的大雨景观。因为雨势猛，雨点儿大，所以看起来是白色的。急促的雨点儿一股脑地击打在小船上。但是突然一阵狂风吹来，竟把这阵大雨吹散了。站在望湖楼上，那种夏天急雨过后的景致，真是令人惊喜。此时诗人的眼前，水天相接，一片澄澈，真的是"望湖楼下水如天"。

　　苏轼所处的杭州，位于长江中下游平原，大暑时节正是这里的"伏旱期"。"伏旱"，顾名思义，就是伏天的干旱天气。

大暑

但此时正是农作物生长旺盛，需要水分的时期。所以民间就有"小暑雨如银，大暑雨如金"的说法。所以我们也可以说，苏轼经历的这场雨，不但让他欣赏到西湖独特的景致，可能对于当时的农民来说，也是一场及时雨啊。

俗语说："最苦是炎蒸"。大暑时节的天气，就是这样的"炎蒸"天儿。这样的天气里，如何才能觅得一处清凉呢？

诗人李白曾在《夏日山中》诗里写道："懒摇白羽扇，裸袒青林中。脱巾挂石壁，露顶洒松风。"他脱去外套和头巾，摇着白羽扇，静听松风，想一想都觉得很凉快。

在元代画家刘贯道笔下的《消夏图》中，则为我们描绘了另一幅纳凉的场景。

首先映入我们眼帘的，就是一位宽衣解带，光着脚躺卧在榻上的男子，他背靠隐囊，"隐囊"类似我们现在的靠枕，右手拿着一把拂尘，左手拿着书卷，身后还放着一种名叫"阮咸"的乐器。旁边执扇和抱着包袱的侍女，包括周围考究的陈设，都点明这是一户富贵人家。

在男主人躺卧的床榻后面，是一面屏风。只见屏风上，一位老者端坐在榻上，一位小童在旁服侍，还有两位童子在一旁烹茶。在他们身后，又画了一处山水屏风，这种"画中有画"的"重屏"构图，增加了整幅画的纵深感。而且仔细观察，实景中的榻和屏风中的榻的"壶门"造型，也就是装饰样式，是完全相同的，这一点也为画面营造了一种有趣而神秘的氛围。

画面不但在纵深空间上布局巧妙，在横向空间上采取左密右疏的布局，也大大缓解了由于左侧景物的集中而带来的繁密感。

但光是这样宽衣解带躺着，估计还不足以抵抗炎热的暑气。我们再来看，在床榻的左侧，紧挨着一张摆放着各色物品的方形案几，是一个四足小几，上面摆放着"冰盘"，顾名思义就是在盘中摆放冰块，再将瓜果摆放到旁边来降温。北宋诗人王珪也曾在《宫词》中对当时的"冰盘"有过这样的描绘："御座垂帘绣

额单，冰山重叠贮金盘"。但是要知道在当时，夏天的冰非常难得，大多为皇家拥有，而官宦人家的冰也多来自皇家赏赐。这一点也再次点明了这幅《消夏图》中主人身份的不凡。

尽管大暑时节天气炎热，但是从养生的角度来看，一定不要过度贪凉，可以通过适当的饮食调整来应对暑气。比如在我国闽南地区，在酷暑时节有吃"烧仙草"的习俗，是将一种名叫"仙草"的植物，加工成类似凉粉的质感，再加上其他配料制成的一种甜点，据说有清凉降火的功效。在我国北方地区，还有大暑"晒伏姜"的习俗，将红糖和姜混合后，再经太阳暴晒，由此得到的姜糖据说对于缓解"寒"病有奇效。

大暑，正是暑气最盛的时节。但是大暑过后，就是立秋了，这也正体现了我们中国人常说的"物极必反"的朴素哲学思想。但对于此时正处于酷暑中的我们，正所谓"散热有心静"，或许寻求内心的宁静，才是真正的"消夏"秘诀。

立秋

《秋亭嘉树图》 元·倪瓒 纸本墨笔
114cm×34.3cm 北京故宫博物院藏

"立秋"是秋天的第一个节气，它的到来，表示金秋时节的正式开始。

　　一提到秋，很多人都会想到草木凋敝，或者麦浪涌金，但这都是深秋的景象。而立秋处在夏末秋初之时，在全国的大部分地区，暑气还没有完全消散。

　　在我国的农耕时代，人们以地立身，靠天吃饭，十分看重立秋这个夏秋之交的重要时节。于是我们至今仍能读到很多关于立秋的农谚，比如"立秋雨淋淋，遍地是黄金"，这句话说的是立秋的庄稼对雨水迫切地需求；再比如"七月秋样样收，六月秋样样丢"，说的是不同农历月的立秋，对农作物收成的影响。

　　古人经过长时间的观察，总结出"立秋"节气的三大物候特点：一候凉风至；二候白露生；三候寒蝉鸣。说的就是到了立秋之时，凉风代替了暑气，吹拂着大地，早晨的草木上开始慢慢出现了露水，寒蝉开始鸣叫，天气开始由热转凉。

　　常言道：一叶落而知天下秋。秋天一到，普通人都不由得心生凉意，更不必说那些感性的文人墨客。于是我们翻阅历朝历代的诗词，就时常会看到那些关于秋天凄婉悲凉的文字：有孟浩然的"不觉初秋夜渐长，清风习习重凄凉。"有陆游的："萧条岁将晚，百虑入搔头。"就连受万民朝拜的九五之尊唐太宗李世民，也曾在初秋的夜晚写下："愁心逢此节，长叹独含悲。"这种悲戚的诗句。

但在众多诗人词者中，有一个人却独树一帜，他眼中的秋天，秋高气爽、天高云淡，别有一番豪情豁达。下面我们就来欣赏一下这首诗：

秋词

唐·刘禹锡

自古逢秋悲寂寥，

我言秋日胜春朝。

晴空一鹤排云上，

便引诗情到碧霄。

《秋词》开篇前两句，诗人就以议论起笔：自古以来，一到秋天人们就悲伤慨叹它的寂寞萧素。我倒是觉得，这秋天要远远好过春天。

紧接着，诗人抓住秋天的典型事物，为我们勾勒出了这样一幅秋日场景：万里晴空，一只仙鹤凌云而上，奋发昂扬。这样的一番场景，也激荡起诗人心中的波澜，让诗人澎湃的诗情跟随

着仙鹤一起御风而上，直冲云霄。

初读这首诗，我们便能感受到诗人万丈的豪情和开阔的胸襟，颇有春风得意，恃才傲物的感觉，但实际上，这首诗却是刘禹锡人生低谷里的一篇传世绝唱。

刘禹锡出生在一个官宦世家，自幼聪颖勤奋，二十一岁那年，与柳宗元同榜考中进士，二十三岁又担任了太子校书。那时的刘禹锡一直梦想着能治国平天下，于是积极参与到了当时的一场以复兴大唐盛世为目的的"永贞革新"中。但是在保守势力的联合反扑下，这次运动很快就宣告失败了，刘禹锡也因此被贬为朗州司马。

遭贬的苦闷是可想而知的，但好在刘禹锡个性豁达，越是遭受打击，就越要斗志昂扬。回过头我们再看这句"晴空一鹤排云上"，诗人在这里是以"鹤"自喻，将"鹤"比作一种不屈的精神，平生定是要超脱于庸庸碌辈，哪怕孑然一身，也要翱翔于碧空之上。

秋日的景色确实会有几分寂寥，但听了刘禹锡慷慨的言语后，我们也能发现这种专属于秋日的激昂与开阔。立秋这个节气，就像是人生的一个分水岭，有些人从这天起，情绪或许会低迷一阵子，而有些人则会秉持着自己的信念，笑看眼前秋色，只觉风轻云淡。

秋日是世人眼中的凄凉冷清，是刘禹锡笔下的豪情壮志，也是元代画家倪瓒在《秋亭嘉树图》中表现出的天真幽淡。

这是倪瓒晚年的一幅传世佳作，画中为我们描绘的是夏末秋初之时，小山中，几棵秋树傲然挺立；沙石上，一座孤亭清净无人，画家用这样清静疏散的景致，给我们展现了一派天真幽淡，清逸淡漠的意境。

《秋亭嘉树图》采用的是常见于立轴画的三段式构图，就是把整个画面从上到下，根据作者绘画的需要分成三个部分，然后依次设计出近景、中景和远景，使画面产生更为丰富的空间层次，具体到这幅画，就是倪瓒常用的"一河两岸"式构图。

我们看最下面的是近景，水边山坡的平地处有一个草亭，草亭矮小，空无一人。在崎岖不平的山石间有几棵树木，树干挺拔，树叶萧疏。

再往上一层的中景是一条河，但这条河未着一色一墨，而是用大面积的留白来体现它的广阔波澜之感，那么如何能看出这是一条河呢？原来是画家在左侧勾勒出了一个微微露出一角的小洲，水气就这样氤氲了整个画面。

最后，画家在远景中以线勾形，画出了一组远山，这组远山皴擦较少，却意韵悠长，这得益于画家在山下勾出的那几根淡墨晕染的长线，它仿佛是平缓的水纹，为群山增添了一份缥缈清净之感。

倪瓒这个人有些洁癖，不光是生活上，连精神上也是如此。这在他的画作中，表现得极为明显。多数的山水画都会有点人物，但倪瓒笔下的山水却往往空无一人。有人问他原因，他说："天下无人也。"意思是说：当今世上，还没有人可以入得了我倪瓒的画。由此可见他这种不食人间烟火的高傲。

立秋，这个有些复杂的节气，有几分刘禹锡的天朗气清，也有几分倪瓒的幽淡荒寒，我想每个人在面对落叶的时候，都会有一份自己的思量。它值得古人歌之泣之，也值得我们停留热爱。

处暑

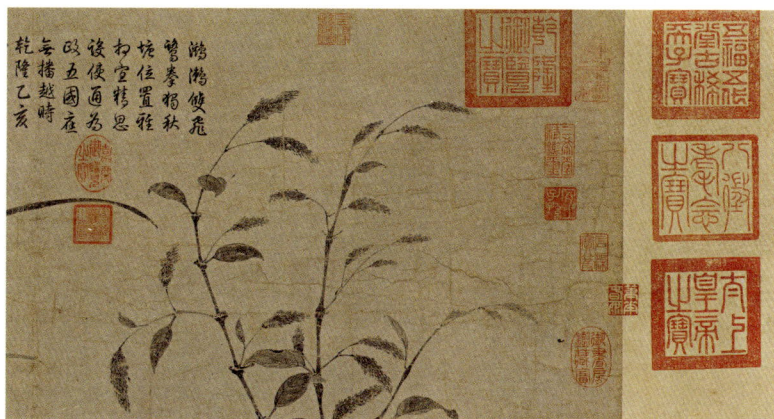

　　"处暑"是"立秋"后的第一个节气。因为"处"本身有"停止"的意思，所以如果说"立秋"是吹响了秋日的号角，那"处暑"就意味着暑气已经消失殆尽，天气真正开始转凉了。

　　《月令七十二候集解》中将"处暑"分为"三候"："一候鹰乃祭鸟；二候天地始肃；三候禾乃登。""鹰乃祭鸟"说的是老鹰开始大量捕猎鸟儿，为寒冷天气的到来储备能量；"天地始肃"就是说天地万物开始凋零；"禾乃登"中的"禾"是黍、稷、稻等等农作物的总称，"登"有成熟的意思，"禾乃登"就是说谷物成熟了。在民间还有"处暑满地黄，家家修廪仓"的说法，意思是说，处暑时节满地金黄，家家户户都在增修仓库，迎接丰收的到来。

总而言之，"处暑"就是一个气温由"热"向"冷"过渡的节气，北宋文人苏轼曾在《鹧鸪天》中，记录了他在处暑时节的见闻。

鹧鸪天

北宋·苏轼

林断山明竹隐墙，

乱蝉衰草小池塘。

翻空白鸟时时见，

照水红蕖细细香。

村舍外，古城旁。

杖藜徐步转斜阳。

殷勤昨夜三更雨，

又得浮生一日凉。

这阕词是他贬居黄州，也就是现在的湖北黄冈时所作。也正是在这里，苏轼写下了《赤壁赋》和《念奴娇·赤壁怀古》等等千古名作。可以说，黄州就是苏轼的创作宝地。那同样创作于这一时期的这阕《鹧鸪天》，描绘的又是怎样的风景呢？

远处郁郁葱葱的密林尽头，是耸立的高山。近处房舍周围竹丛茂盛，把墙都遮挡起来了。在长满了枯草的池塘边上，蝉鸣此起彼伏，但是也已经失去了夏日那种蓬勃的生气，听起来有些杂乱。天空中不时有白色的鸟儿翻飞而过，水塘中的红色荷花散发出淡淡的清香。

此时已经临近黄昏，在村舍外的田野上，在古老的城墙边，作者苏轼拄着拐杖徐徐行走，身影被夕阳拉得很长。他边走边感慨，幸好昨夜老天爷殷勤地下过一场雨，所以今天才得以享受这一整日的清凉。这也正应了那句"一场秋雨一场寒"的民间谚语，诗人仇远在《处暑后风雨》中，也曾有过类似的描述，他说："疾

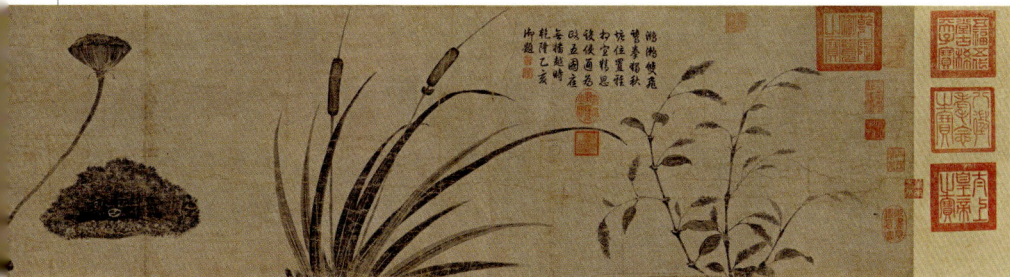

《池塘秋晚图》 北宋·赵佶 粉笺本 33cm×237.8cm 台北故宫博物院藏

处暑

风驱急雨，残暑扫除空。"就是这样一场疾风急雨，加速了秋天的步伐。

但其实在我国的南方地区，尤其是长江中下游地区，往往在这个时候，刚刚享受了一丝暑气消退的清凉，马上又会迎来一段时间的高温天气，人们把它叫作"秋老虎"。"秋老虎"消退后，才会迎来真正秋高气爽的"小阳春"。

自古以来，初秋时节的"衰草残荷"就是艺术创作的重要灵感来源。大概是因为在经历了蓬勃的夏日后，这种略显颓败的景致，更容易激发人们对于万物枯荣的感慨。在宋徽宗赵佶的画笔下，就曾创作过一幅《池塘秋晚图》。同样是池塘边的初秋景象，

在苏轼笔下是"乱蝉衰草小池塘"，那在赵佶笔下，又会是怎样一番景致呢？

画面的主体是水中植物和水鸟，它们在画面中依次排开。卷首画的是一株红蓼，它一般在夏末秋初的时候开花，唐代诗人白居易在《曲江早秋》中就曾经说过："秋波红蓼水，夕照青芜岸。"同样，红蓼左侧的"水蜡烛"、即将枯萎的荷叶和挺立的莲蓬，也暗示了画面描绘的正是初秋时节的水塘。

再往画面左侧看，在一片枯荷前，有一只白鹭斜着身子站立在水中。白鹭与墨荷形成的这种黑白对比，更加凸显了中国画的那种水墨意趣。我们顺着白鹭回首的方向看去，可以看到在倾

斜的荷叶掩映下，有一只鸳鸯正朝着水面上的伴侣飞去，一动一静，相映成趣。水面上的片片落花，也更加凸显了清秋的韵味。

　　但是客观来讲，这并不是一幅那么完美的作品。比如画家在构图处理上过于平面化而不够纵深，景物分布也显得过于平均。但是总体来看，这幅画虽然瑕瑜互见，但是瑕不掩瑜。

　　如果我们仔细观察，还会发现画面上有许多斑驳剥离的痕迹，这是为什么呢？原来，这是一幅"粉笺本"的画作。

　　"粉笺"，顾名思义，就是在纸上涂上含有矿物质的白粉，一方面可以增加纸的白度，同时，这些白粉也填塞了纸本纤维间的空隙，降低了纸的透光度和渗水性。或者也可以直接把白粉加在纸浆里，就可以使白粉和纸浆融合得更加匀称。这样做出来的纸，色泽洁白，质地细腻又带有光泽，是一种非常优质的纸张，而且一般多用作书法，很少用于画作。这幅《池塘秋晚图》可以说是一幅非常罕见的"粉笺本"画作。因为纸张年代久远，于是就有了我们看到的那种斑驳剥落的痕迹。

　　《池塘秋晚图》中营造的那种略显萧瑟的初秋景象，也让人真实感觉到暑气消退的清凉。的确，处暑过，暑气止。这个时候就连天上的云彩，也不再像盛夏时节那样成团成片，而是更加显得轻巧自在，因此民间也有"七月八月看巧云"的说法。在笑看"云卷云舒"之间，在对一年四季节气流转的感慨中，时间就如同疾速的列车一样，又奔往下一个站点去了。

白露

《芦花寒雁图》 元·吴镇 绢本墨笔
83.3cm × 27.8cm 北京故宫博物院藏

"白露"是秋天的第三个节气，这个时候已经是非常典型的秋季气候了。我国古人用四季来配属五行五色，秋天五行属金，从色彩上属白色，而且这段时间，每天清晨花草上都会有许多晶莹剔透的露珠。以"白"形容秋露，"白露"就是这样得名的。

　　古人经过长时间的观察，总结出"白露"节气的三大物候特点："一候鸿雁来；二候玄鸟归；三候群鸟养羞。"意思是到了白露时节，鸿雁和燕子这一类候鸟会南飞避寒，其他的鸟类也会开始储存干果和粮食，为过冬做准备。

　　其实白露的到来，不仅仅意味着鸟儿开始存储粮食，收获的季节也随之越来越近了。有一句谚语是这样说的："头白露割谷，过白露打枣。"意思是到了白露时节，我国很多地方就要开始收割稻谷了，而过了白露，又要开始采收枣子了。当然，我国幅员辽阔，不同的地方也有不同的农作物，所以有些地方说法又是"白露割谷子，霜降摘柿子""白露谷，寒露豆，花生收在秋分后"。虽然说法各不相同，但我们依然可以看出，"白露"节气对农业生产的重要性。

　　白露之后，秋风渐起，天干物燥，很多地方的人们也会开始食用一些养生的食物，比如吃补气养血的龙眼、喝香醇回甘的白露茶，江浙地区还有采"十样白"的习俗。这个"十样白"很

有意思，它是要找十种带 "白" 字的草药，比如白莲、白茅根等等，和白毛鸡一起炖煮，据说在白露这天食用可以滋补身体。

天气渐凉，白露为霜，这样的氛围很容易使人思绪万千，所以自古以来关于白露的诗词歌赋也有很多，我们选取一首流传最广的《蒹葭》，带大家走进这个风清露白的时节。

蒹葭

春秋 · 佚名

蒹葭苍苍，白露为霜。

所谓伊人，在水一方。

溯洄从之，道阻且长。

溯游从之，宛在水中央。

蒹葭萋萋，白露未晞。

所谓伊人，在水之湄。

溯洄从之，道阻且跻。

溯游从之，宛在水中坻。

蒹葭采采，白露未已。

所谓伊人，在水之涘。

溯洄从之，道阻且右。

溯游从之，宛在水中沚。

我们都知道蒹葭指的是芦苇，但其实细分起来也有不同，蒹指的是没长穗的芦苇，葭是初生的芦苇。

我们再回到诗中，全诗分为三部分，每部分都是以白露时节苍茫茂盛的芦苇作为背景，又分别以露水结霜、露水未干、露

水未止作为时间线贯穿，讲述了主人公为心上人逆流而上、顺流而下苦苦追寻，可心上人却总是隐约缥缈、可望而不可及的故事。

诗中"蒹葭之思"的愁苦、"秋水伊人"的缥缈，引得后来文人争相回应，例如曹植在《洛神赋》中曾说："忽不悟其所舍，怅神宵而蔽光"；白居易的《长恨歌》中也有"上穷碧落下黄泉，两处茫茫皆不见"的诗句，诗人在这些诗词中所表达的心中所爱难以追寻的怅惘，和《蒹葭》所传递的情感都是一脉相承的。

《蒹葭》这首诗，出自《诗经》中的"秦风"。古秦国在今天的甘肃天水一带，"秦风"里收录的诗歌就是这里的民歌。《汉书》曾对秦国有这样的描述："皆迫近戎狄，修习战备，高上气力，以射猎为先。"说的正是秦地骁勇彪悍的民风，因此"秦风"诗歌自然也多以崇军尚武和悲壮慷慨作为基调，描写的往往是征

战猎伐这一类的事，比如《秦风·无衣》中的那句："岂曰无衣？与子同袍。王于兴师，修我戈矛。与子同仇！"就非常体现"秦风"的特色。至于我们今天的这首《蒹葭》，似乎更偏凄婉缠绵一些，但这并不影响我们对它的理解，反而将当时秦人的铮铮铁骨和丝丝柔情，更真实地表达了出来。

一曲《蒹葭》，将一滴从先秦时流淌出来的露水，滴在我们心头，那微凉的感觉告诉我们，秋意渐浓。元人吴镇曾题过这样一首诗，来表达他对秋日的情感："点点青山照水光，飞飞寒雁背人忙。冲小浦，转横塘，芦花两岸一朝霜。"这样静美冷清的诗句描绘的是哪里的景色呢？其实这首诗正是吴镇《芦花寒雁图》中的题诗，所描绘的也正是《芦花寒雁图》中的景致。

《芦花寒雁图》是吴镇的代表作之一，描绘了一派霜天素

秋的景象。这是一片江南水乡的芦苇荡，芦荻摇曳，芦花繁茂，在这片茂盛的芦苇荡中，有一叶小舟，里面坐着一位渔翁，他一边撑着船篙，一边望着天际成双成对的大雁。画卷的远处，水波浩渺，山峦平缓，给人以无限的遐想。

全图以淡墨为主，只有几点重墨点出的苔点，但却能展示出层层递进的空间感。这得益于画家巧妙的构图，也就是立轴画常见的三段式构图，我们由上到下、由远及近，一一来看。

最上面是远处的山景，画家用柔润的线条、灵活的笔法勾写物象，将这种远山如黛、飘逸疏朗的气韵笼罩于全画。

中景的山石、坡地则直接用大笔，连扫带染，将皴笔与渲染的墨色自然地交融在一起，再罩上一层水墨，以浓淡来区分山石的凹凸向背。

近景的水域部分，画家的墨笔饱蘸水分，用湿笔淡墨层层铺陈，将江南湿润的空气流动在画中。构图上又别出心裁，层层叠叠的芦苇，增强了空间感。

江天辽阔，野趣横生，在画家的精妙设计中，一种空灵寒寂、平淡清远的感觉，扑面而来。

兼葭伊人今何在，白露点点润清秋。这个时节，暑气的躁动早已渐渐远去，但眼前的景色还没有过于萧瑟凄凉。斑斓的秋色，流转的清凉，不着痕迹地渲染了这段属于"白露"的秋天。

秋分

《月令七十二候集解》解释了秋分的由来："分者平也，此当九十日之半，故谓之分。"分，就是平分、一半，所以秋分这一天是秋季九十天的中分点。《春秋繁露》中记录了秋分的规律："秋分者，阴阳相半也，故昼夜均而寒暑平"，因为这天太阳几乎直射赤道，所以昼夜均分。而到了秋分之后，太阳逐渐南移，北半球开始变得昼短夜长。

我国古代把秋分分成三候："一候雷始收声；二候蛰虫坯户；三候水始涸。"古人认为雷声是阳气旺盛的标志，秋分后阳气开始衰弱，因此就不再打雷了；坯，就是细土。到了二候，天气变冷，蛰居的虫子开始藏进洞里，并且用细土把洞口封起来，防止寒气的侵袭；到了三候时，降雨量开始减少，干燥的天气加速了水气蒸发，因此湖泊和河流中的水量减少，一些沼泽和水洼甚至会干涸。

秋分时节，我国大部分地区已经进入了凉爽的秋季，冷空气和衰减的暖湿气流相遇，会产生降雨。雨后的气温还会继续下降，所以会有"一场秋雨一场寒"的说法。唐代诗人杜甫所作的《晚晴》，就描写了秋雨过后，天空放晴的景象，下面让我们来欣赏一下。

晚晴

唐·杜甫

返照斜初彻，浮云薄未归。

江虹明远饮，峡雨落馀飞。

凫雁终高去，熊罴觉自肥。

秋分客尚在，竹露夕微微。

　　安史之乱后，杜甫流落到成都，在好友严武的关照下艰难
度日。永泰元年，也就是公元765年，严武不幸去世了，杜甫
也因此离开了成都，开始四处漂泊。第二年，杜甫在夔州，也就
是今天重庆的奉节暂住下来。到了秋分这一天，淅淅沥沥的小
雨直到太阳落山的时候才停下，杜甫漫步在江边，落日的余晖、

灿烂的彩虹映入他的眼帘，于是他写下了这首《晚晴》，把眼前的美景记录下来。

首联描绘了天朗气清的景象。虽然现在已经是夕阳西斜，但阳光仍然和初升的太阳一样光芒万丈，一个"彻"字，就把夕阳余晖的强烈淋漓尽致地表现出来。薄云在空中四处飘散，正像那居无定所的游子。

"江虹明远饮，峡雨落馀飞"，雨后初霁，彩虹横跨在江上，虽然诗人距离它很远，但因为彩虹光彩夺目，仿佛又近在眼前。垂下的彩虹就像瓶中倾倒而出的美酒，弧度优美。远处山峡中的小雨伴着落日的余晖，洒落人间。

下面两句，诗人描写了秋分时不同动物的习性：壮志凌云的鸿雁终究会高飞归去，熊罴马上要开始冬眠，也开始慢慢变得肥硕起来。

最后一句，诗人发出了对自己境遇的慨叹：秋分时节，我依然在他乡漂泊，竹叶上的露水在夕阳西下的时候，已经变得非常微小，而我也像这微小的露水一样，已经是年老体衰了。昔日风华正茂的诗人，如今却是风烛残年，令人唏嘘不已。

诗人用详尽而优美的语言，描绘出秋分时节雨后初霁的景象，斜阳、浮云、江虹和峡雨，在诗人的笔下显得明丽自然，

牧坰泉清

《秋郊饮马图》 元·赵孟頫 绢本设色 23.6cm×59cm 北京故宫博物院藏

《三世人马图》（局部） 元·赵孟頫 赵雍 赵麟 美国大都会博物馆藏

秋高气爽的秋意仿佛从诗篇中呼之欲出。而诗人通过竹露联想到自己，表达出对时光匆匆流逝的感伤，天朗气清的秋分时节，在诗人的笔下显得怅然凄凉

仲秋时节的江景，在杜甫的笔下显得有几分落寞。而在元代画家赵孟頫的画作里，牧马人把马群赶到了江边，任由它们驰骋、饮水，沉寂的秋江也因此而变得热闹了起来，下面让我们来欣赏一下这幅《秋郊饮马图》。

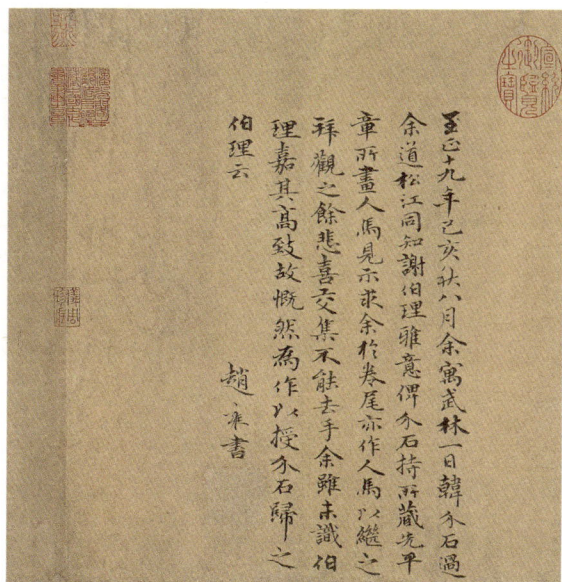

　　这幅《秋郊饮马图》里共有十匹马，它们神态各异，形神兼备。河岸两边林木环绕，树上枫叶如火，河面水平如镜。牧马人身穿红袍，手拿马鞭，勒紧缰绳。他胯下的马扬起前蹄，正昂首嘶鸣。牧马人侧身看着两匹嬉戏的马，脸上写满了慈爱。他身前的三匹马正步入河中，看起来要畅饮一番了。而在河面的正中，一匹马还在低头喝水，另一匹马可能已经喝完了水，转身向后，仿佛是在邀请同伴。在远处，岸上两匹追逐的骏马，给闲适的画

面增添了一丝活力。

赵孟頫运用赭石色来描绘河流，色彩醇厚；同时运用大面积的石绿色，来表现河岸上的青草依依，给浓郁的设色增添了一份清丽。

赵孟頫擅长画马，他的画风主要分成两类，一种是师法唐代画马名家韩干，所画的马身形丰腴，用色华丽，以山水树石作为背景，一般画在绢本上；另一种是模仿北宋李公麟，注重表现线条，只用水墨上色，不再施加其他颜色，这些水墨画大多创作在纸本上。而这幅《秋郊饮马图》就是他师法韩干进行的创作。

赵孟頫画马名满天下，他的儿子赵雍、孙子赵麟也受他的影响，成为了画马的名家。赵氏三代人都曾经创作过"人马图"，这三幅图拼接在一起，形成一幅《三世人马图》。画中的三匹马神态相近，可以看出赵雍和赵麟能够熟练运用赵孟頫的技法，但在用笔的精神上，还是显得有些柔弱温和，少了赵孟頫的气度和果断。

雨色秋来寒。淅沥的小雨虽然让秋分有了几分萧瑟，但这何尝不是一种清冷的美感呢？秋意随着小雨更加浓郁，万物也即将走向凋零。但我们换个角度来想，这不也正是它们重生的必经之路吗？

寒露

诗书画 二十四节气

《寒林浮霭图》 明·沈士充 绢本墨笔
149.5cm×38.6cm 北京故宫博物院藏

寒露是秋季的第五个节气，意味着已经进入了深秋时节。《月令七十二候集解》解释了寒露名称的由来："九月节，露气寒冷将凝结也。"就是说，农历九月，天气比白露时更冷，地面上的露水都要凝结成霜了。

古人通过观察，总结出寒露节气的三大物候："一候鸿雁来宾；二候雀入大水为蛤；三候菊有黄华"，一候时，也就是寒露节气的前五天，鸿雁排成队列向南迁徙；二候时天气寒冷，很多鸟雀都飞到南方过冬了，而这时海边出现很多蛤蜊，因为蛤蜊和鸟雀的花纹颜色很像，所以古人认为蛤蜊是鸟雀入水化成的。这里面，包含了古人独特的生命观。他们相信生命是循环往复的，一段生命结束之后会以另一种形态重新开始，所以就把鸟雀的消失和蛤蜊的出现联系了起来。到了三候时，也就是寒露节气的最后五天，金灿灿的菊花开遍了枝头，"冲天香阵透长安，满城尽带黄金甲"，这两句诗正描绘了寒露时菊花开满长安城的壮景。

寒露时节，秋意正浓，天地间一片萧瑟，而落日时分，夕阳的余晖使这份秋意更显萧瑟。但在唐代诗人白居易眼中，这就是最惬意的时光。

长庆二年，也就是公元 822 年，朝廷中"牛李党争"激烈，

在朝为官的白居易虽然痛心疾首，但无计可施，索性申请外调，于是朝廷改任他为杭州刺史。九月初三的黄昏，白居易在赴任途中经过江边，夕阳的余晖洒在江面上，他陶醉在这壮美瑰丽的景象中，不忍离去，直到月牙当空，才回过神来，然后吟成一首七绝，让这转瞬即逝的美景成为了永恒。下面让我们欣赏一下这首《暮江吟》。

暮江吟

唐 · 白居易

一道残阳铺水中，

半江瑟瑟半江红。

可怜九月初三夜，

露似真珠月似弓。

"一道斜阳铺水中"，斜阳照射在江面上，用"铺"而不用"照"，这是因为日落时分，斜阳接近地平线，几乎是贴着地面照耀过来，就像一块光滑的绸缎"铺"在江面上。这个"铺"字用得委婉柔和，给人舒适安逸的感觉。

第二句"半江瑟瑟半江红"，夕阳笼罩下的那一片江面呈现出红色，另一片江面离夕阳距离较远，受光面积较少，呈现出碧蓝色。"瑟瑟"是古代的一种宝石，是绿松石、蓝宝石或青金石中的一种，但具体是哪种，至今没有定论。后来，"瑟瑟"有了碧蓝色的含义。翻遍《全唐诗》，白居易总共用过十五次"瑟瑟"，占这个词出镜率的五分之一，远远超过其他诗人。当然，他笔下的"瑟瑟"不只有宝石和颜色的含义，比如大家熟悉的"浔阳江头夜送客，枫叶荻花秋瑟瑟"，这里是瑟瑟秋声的意思。

下面一句"可怜九月初三夜"，"可怜"在这里是"可爱"的意思，表现出夜色的动人和诗人对这夜色的喜爱。这一句不仅点出了这首诗创作的时间，还很自然地使时间从日落过渡到夜晚。

最后一句详细描述了夜景，"真珠"，也就是"珍珠"。因为是月初，所以月亮还是弯弯的，像弓一样高悬夜空。江边空气湿润，草木上凝结着露珠，这些露珠像珍珠一样洁白莹润。诗人连用两个新颖贴切的比喻，描绘出深秋月夜的迷人景象。

这首诗构思巧妙，诗人摄取了两幅优美的画面加以组接，一幅是夕阳西斜、晚霞映江的江天景致，一幅是月牙初升、露珠点点的朦胧夜色。两幅画面各具美感，合起来和谐自然。本是萧瑟凄凉的寒露时节，在诗人笔下却显得爽朗畅快，让深秋不再凄

寒露

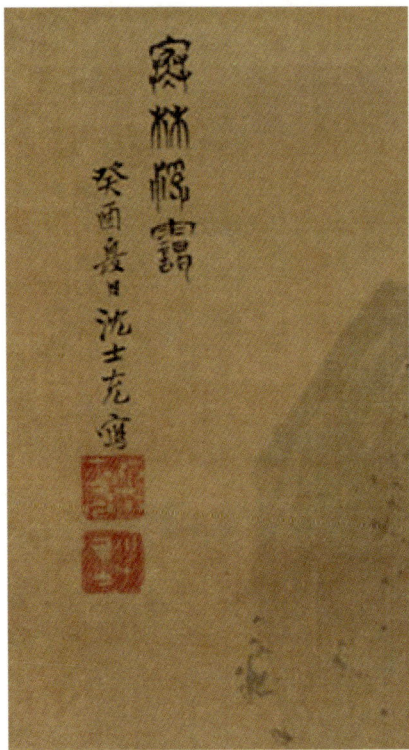

苦悲凉。

深秋，气温降低，水平运动的暖湿气流经过地面，冷却形成雾气，而寒露时节更是雾天频繁的时期。白雾茫茫，让本来就略显萧瑟的寒露更显清冷，明代画家沈士充就把云遮雾罩的山林描绘在画轴上，凄冷的氛围透过画轴扑面而来，现在让我们欣赏一下这幅《寒林浮霭图》。

这幅画中雾气弥漫，因此整幅画作显得迷蒙缥缈。近景处，山坡上散落着点点枯草，巨石嶙峋，树干虬曲而上，稀疏的枝叶点明了这是深秋时节；中景的悬崖峭壁上草木稀疏，几座楼阁在雾霭中若隐若现，好像是天界的仙宫。远景处，几座沙洲在江中隐约可见。

画家在绘制这幅《寒林浮霭图》时，重在表现雾霭笼罩下山林朦胧的意境和美感，所以笔墨浓淡的运用就显得非常重要。近处的树木、坡石就由浓墨绘成，浑厚庄重；画家用淡色的墨线勾勒出树木、楼阁的轮廓，用淡墨晕染出山石、江洲的体积感，因此这些景致就仿佛真的处在氤氲的雾气中，显得缥缈迷离。

这幅画的作者沈士充，或许大家并不是太熟悉。其实，他和董其昌是同时代的画家，并且都是"松江画派"的代表人物，但两个人的渊源不止于此。当时，董其昌已经名满天下，成为"松江画派"的泰斗，请他作画的人络绎不绝，但他应付不过来，怎么办呢？董其昌灵机一动，请人代笔。他们共同的好友陈继儒给沈士充寄去一封信，请他作一幅山水画，还特地注明了不要落款，让董其昌落款，来假冒是他的作品。所以，沈士充开始给董其昌代笔，而他的作品在这些赝品中可以称得上是精品。虽然沈士充名气上比董其昌稍逊一筹，但是历史的尘埃不会使璀璨夺目的美玉失去光彩，他的画作也因此在历史的长廊中占得一席之地。

寒露既是白居易笔下的轻松惬意，也是沈士充笔下的清冷凄凉，这两种大相径庭的美感使得寒露这个节气有了万千韵味。本是萧瑟单调的寒露节气，在脍炙人口的诗画作品中丰富多彩。

霜降

《霜柯竹涧图》　南宋·佚名　绢本设色
27.5cm×26.8cm　北京故宫博物院藏

"霜降"是二十四节气中的第十八个节气，也是秋天的最后一个节气，到处都是落叶金黄、草木凝霜的景象，马上就要进入冬天了。

　　古人经过长时间的观察，总结出"霜降"节气的三大物候特点："一候豺乃祭兽；二候草木黄落；三候蛰虫咸俯。"意思是霜降的时候，豺狼之类的野兽要为过冬储备食物，而且这一时节草木枯黄，虫子也进入了冬眠状态。这乍一听似乎是有些寒秋肃杀的感觉，但仔细想想，没了虫害，遍地金黄，不正是丰收的好时候吗？所以我国民间的农谚也有"多夜霜足，来年丰收""霜降后降霜，稻谷打满仓"的说法，可以看出"霜降"对农业生产的重要性。

　　古人对霜降更是重视，朝廷会在霜降这天祭军旗，这个仪式叫作"祭旗纛"，纛就是古代军队中的大旗。明代文学家田汝成在《西湖游览志馀》中就有这样的记载："霜降日，帅府致祭旗纛之神。"这个仪式有点儿像我们现在的阅兵大典，要鸣炮致祭，祭祀完毕，将士们还要披挂整齐，展示武器，绕街游行，迎接霜降。那为什么要在霜降这天"阅兵"呢？原来古人认为霜是杀伐的象征，为了顺应秋天的肃杀，所以在这个时候操练战阵。

　　今天就让我们跟着唐代诗人李贺一起，感受一番这寒霜覆沙场的肃穆苍凉。

雁门太守行

唐·李贺

黑云压城城欲摧，甲光向日金鳞开。

角声满天秋色里，塞上燕脂凝夜紫。

半卷红旗临易水，霜重鼓寒声不起。

报君黄金台上意，提携玉龙为君死。

《雁门太守行》是乐府旧题，梁太宗萧纲、唐代诗人张祜都曾经创作过这一题目的作品。而李贺的这首则是这个旧题中最出名的一首，下面我们就一起来看看这首诗的内容。

黄昏时分，天边密布的乌云仿佛要压垮这座城池，而眼前敌人大军兵临城下，形势更是危急万分。这时，一道金光却从乌云的裂缝中挣扎出来，如血般的残阳照在将士们的盔甲上，远远看去就像闪闪的鳞片一样金光耀眼。寒秋落叶中，一声号角呜咽着响起，战士们士气高昂，从黄昏鏖战到傍晚，大片的血迹在晚霞的映衬中，呈现出胭脂般的紫色。"风萧萧兮易水寒，壮士一去兮不复还。"北方的深秋，霜寒露重，今晚残破的军旗

在塞外的北风中翻卷，沙场的战鼓也在今晚显得有些低回沉郁，就像是对这场苦战的慨叹。但将士们不怕牺牲，为了报效朝廷的知遇之恩，今天提上宝剑，愿意为君王与敌军决一死战。

　　一般来说，写战斗场面的诗词都不会过于表现浓艳的色彩，但这首《雁门太守行》却几乎处处都有鲜明的色彩，诗人像一个高明的画家，将"黑云""金鳞""红旗"等一系列的色彩意象交织在一起，瑰丽斑斓，又让人感到真切妥帖，这也正是李贺诗文的绝妙之处。

　　边关风起云涌，将士赤胆忠心，这样苍凉的画面，在深秋

霜降的寒意中，更是悲壮得令人难忘。

晚秋清霜，总是别有一番诗情画意，那是轻轻一碰就融化在指尖的寒意，也是这幅霜染天地的《霜柯竹涧图》。

这是一幅宋画中的经典作品，画名中的"柯"指的就是草木的枝干，而"霜柯"，说的就是画中这挂着白霜的植物枝干，这里就点明了"霜降"这个节气。

画中老树披霜，临水而生，两只山鸟栖息在枝头。远方竹林葱茏，溪涧奔流，一路水花飞溅。这幅画中有一个非常有趣的地方，我们看画中的两只鸟，上下差不多占了全画的三分之一，按常理来说，似乎有点大得不合比例，但我们却感觉画面非常协调，这是因为画家将这两只鸟放在了一个大场景中，山水竹林，天高地阔，和两只嘤嘤成韵的小鸟，自成一派和谐的景象，这正是画家的高明之处。

构图上，画家也是匠心独运，阴沉的天空下，是嶙峋的山石和奔腾的流水，两者相得益彰、尽显精妙，首先有石有水，就会给人一种刚柔并济的美感；其次，画中的山石和流水呈现出的那种曲折环绕的流动感，更是为画卷增添了几分静对比的艺术效果。

图中草树、山石线条刚劲，尤其是石头，一笔中有几处顿挫；而水花、鸟羽笔触轻柔，尤其是鸟儿胸前的羽毛，笔笔丝绒，看上去就给人一种蓬松可爱的感觉。

全画内容丰富，技法复杂，但层次十分清晰。虽然是万类霜天，但并不至于十分萧瑟，反而给人一种意境空灵的感觉，可见画家高超的水平。

"霜降碧天静，秋事促西风。"霜降，这一年中最后的秋色，如果你觉得这层林尽染、天地结霜的节气太过凄凉，那不妨温上一壶热茶捧在手心，去追忆那色彩斑斓的秋色，也等待银装素裹的寒冬。

立冬

诗书画　二十四节气

　　"立冬"是二十四节气中的第十九个节气，意味着冬季马上就要开始了。

　　古人经过长时间的观察，总结出立冬时节的三大物候特点："一候水始冰；二候地始冻；三候雉入大水为蜃。"意思是说，到了立冬的时候，水面开始结冰，土地也已经开始上冻了。而"雉入大水为蜃"和寒露时节的"雀入大水为蛤"很像。不过，雀是小鸟，蛤是小蛤蜊，而雉是指野鸡一类的大鸟，蜃则是指大蛤蜊。随着天气逐渐变冷，野鸡的身影淡出了人们的视野，不过水中的大蛤蜊却更多了，因为野鸡和蛤蜊的颜色花纹比较接近，于是古人便认为是野鸡跳入水中变成了蛤蜊。这也正反映了他们朴素而奇妙的世界观，认为天地之间的生命可以循环往复、生生不息。

　　在二十四节气中，立冬和立春、立夏、立秋合称为"四立"，在古代都是重要的节日。百姓们在立冬时会举行冬烝之祭，来祭祀祖先，并且饮酒聚餐，所以在外漂泊的游子到了这个季节往往会格外思乡。我们就来欣赏一首唐代诗人孟浩然的思乡之作。

早寒江上有怀

唐·孟浩然

木落雁南度，北风江上寒。

我家襄水曲，遥隔楚云端。

乡泪客中尽，归帆天际看。

迷津欲有问，平海夕漫漫。

孟浩然早年在湖北襄阳隐居，四十岁时到长安参加科举考试，但没有成功。落第之后，便东游吴越，也就是今天的江浙地区，这首诗就是在这个时期所写的。

他在诗中写道：秋末冬初，天气逐渐变冷，木叶凋零飘落，鸿雁也飞到南方去过冬了。江上的北风呼啸，带来浓重的寒意。我的家乡就在湖北襄阳，襄水转弯的地方。襄阳在古时候是楚国的属地，从目前所在的长江下游遥望襄阳，距离之远，仿佛遥在云端。"楚云端"既写出了家乡的遥不可及，也使思乡之情溢于

言表。

　　久在异乡飘零，思乡的眼泪都要流尽了，如今望着天边的孤帆，倍感伤情。我想要去询问渡口，可眼前的江水像大海一样宽广辽阔，哪里才是回家的路呢？

　　诗中提到的"问津"，其实化用了《论语》里的一个典故，相传，孔子让子路去向长沮和桀溺询问渡口的位置，但两人都是避世的隐士，与积极用世的孔子正好相反，他们不但没有说出渡口到底在哪里，还嘲讽了孔子的理念。而诗人原本一直隐居，如今却不停地为入仕奔走，他笔下的"问津"也正饱含了他怀才不遇的感慨。

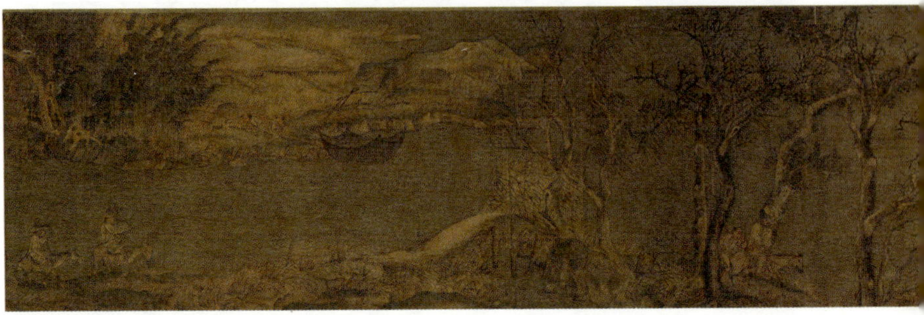

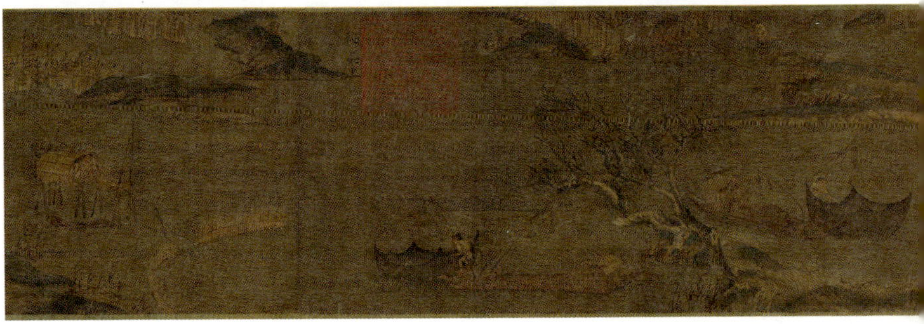

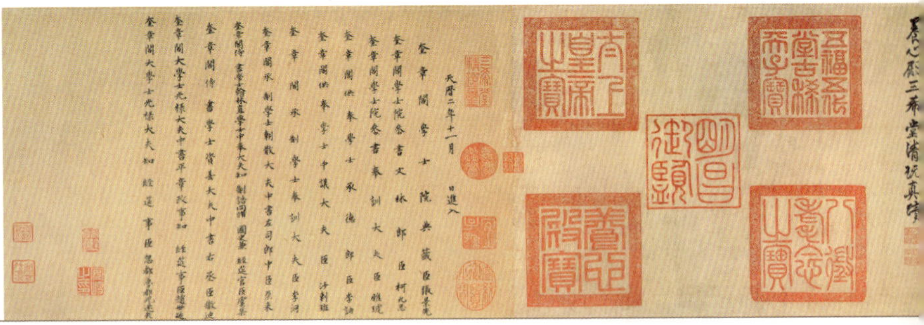

《江行初雪图》 五代·赵干 绢本设色 25.9cm×376.5cm 台北故宫博物院藏

立冬

　　这寒冷萧瑟的季节，普通人都会感到一丝凄冷，更何况身在他乡、独自飘零的游子呢？或许等诗人回到了家乡，这份迷茫惆怅，便能消减一些吧。

　　在以农耕为主的北方，春生夏长、秋收冬藏。到了冬天，万物凋敝，人们也已经进入了休息、韬光养晦的季节。而南方渔业发达，有很多渔人在冬季依然忙碌。

　　五代南唐画家赵干就曾经创作过一幅《江行初雪图》，描绘了在寒冷的初雪时节，渔民辛勤捕鱼的生活情景。这幅画是一

幅长卷作品，全长有三米多，让我们从右至左来欣赏一下。

　　首先映入眼帘的是芦苇丛边有一人撑船，两人正在拉纤。左边的树木，枝干虬曲，由于是初冬时节，树叶并没有完全凋落。树下有一对赶路的主仆，在他们身后不远的地方还有四位旅人正在呼啸的风雪中前行。

　　对面的江岸上有一户渔家，三人正在合力起网，一旁的小孩正好奇地望着行人。我们继续向左看，有两艘小舟在江上往来，芦苇丛的另一边，还有两个渔民手拿渔网涉水前行，丝毫不顾寒

冷。水中搭建的草棚里，白发的老者还在等待收网的时机，旁边的人却已经起网了。

画面上方是为了捕鱼而特意围起的篱笆，篱笆的左边，有一个人正使劲划着小船，原来是草棚里的同伴招呼他来吃饭了。下面的水域中还有一家人正在捕鱼，经验最丰富的老人在前面收网。

画家在每组人物之间，都用地势和树木进行了巧妙的分割，画卷的左半部分，水域开阔，渔人零星地分布其间，他们等待、收网、撑船，各自忙着。

天空中小雪纷飞，树干和船上都落了一层薄薄的积雪。画家在描绘雪花时使用了"弹粉法"，也就是用笔头蘸上白粉，再用手轻敲笔杆，在画布上留下大小不一的白点，就产生了雪花纷飞的意境。

画中最有意趣的部分就是画卷结尾处，近岸的渔船上，孩子们都挤在伞下蜷缩着避雪，船头的大人正生火做饭，炊烟袅袅升腾，给人带来一丝暖意。

寒冬已经开始了，谁不喜欢和家人团聚，一起吃着热气腾腾的饭菜呢？经过了春的勃发、夏的热烈和秋的收获，到了沉静的冬天，不妨慢下脚步，稍作调适，与家人、好友一起度过这大自然的休整时期。

小雪

《灞桥风雪图》　明·吴伟　绢本水墨
138.1cm×106cm　北京故宫博物院藏

《月令七十二候集解》解释了这个节气的由来："十月中，雨下而为寒气所薄，故凝而为雪。小者，未盛之辞。"就是说，农历十月中旬，小雨被寒气侵袭，凝结成雪。而这个时候，天还不是特别冷，所以雪势并不大。

　　我国古代把小雪分成三候："一候虹藏不见；二候天气上升地气下降；三候闭塞而成冬。"一候时，因为这时的小雨都凝结成了雪花，所以彩虹也就消失不见了。二候时，空中的阳气上升，地面的阴气下沉，阴气和阳气无法相交，万物失去生机，这里面包含了古人独特的哲学思想，他们认为天地万物的存在，都是阴阳交合的结果，而冬天万物肃杀，正是因为阴阳之气不能交合。所以到了三候，阴阳之气分离，使得天地闭塞，寒冬也真正到来了。但实际上，各地迎来初雪的时间，与小雪节气不太相同，北京的初雪平均日期是农历的十一月初，而上海的初雪平均日期则要推迟到腊月中旬。

　　雪花纷飞，天地之间一派肃杀的气氛。唐代诗人高适在这漫天飞舞的雪花中送别好友，离别的伤感在冰天雪地中显得更加凄楚。但高适并没有渲染这种离愁别绪，而是鼓励好友振作精神，勇敢前行。下面我们一起来欣赏一下这首《别董大》。

别董大

唐·高适

千里黄云白日曛，

北风吹雁雪纷纷。

莫愁前路无知己，

天下谁人不识君？

　　《别董大》开头两句，描绘了送别时的景色。黄昏时分，黄沙漫天，绵延千里，把云也染成了暗黄色。凛冽的北风夹杂着飘飘洒洒的雪花，呼啸而过。一行鸿雁从空中掠过，向南方飞去。这两句虽然是描写客观景物，但处处表现出离别的凄苦情绪，不过诗人没有沉溺在感伤中不能自拔，而是用恢弘的气魄写出了"莫愁前路无知己，天下谁人不识君"的千古名句。他安慰好友说：我们在这里告别，你不要担心以后遇不到知己，天下有谁不知道你董大呢？

　　这首离别诗一改同题材诗作哀怨缠绵的基调，风格雄迈豪壮，可以与"海内存知己，天涯若比邻"的境界相媲美。但是大家可能还有一个疑问，这个董大到底是什么人呢？有一种说法，说他就是吏部尚书房琯的门客，当时数一数二的琴师董庭兰。据

　　说，当房琯被弹劾出朝后，董庭兰就离开了长安。这首诗正创作于他离开长安后，在河南商丘与诗人相会的时候。

　　诗人对董大的安慰，响亮有力，在慰藉中充满了信心和力量，激励好友鼓起精神，去奋斗拼搏。如果诗人没有坚定不移的信念，和豪迈宽广的胸襟，怎么能写出这样慷慨激昂的诗句？飘飘洒洒的雪花，见证了诗人和董大坚定深厚的友谊，冰天雪地也因为这份友谊，而不再冰冷刺骨。

　　小雪时节，离别的友人让这个肃杀的季节显得更加凄凉。

　　灞桥风雪，作为风雪离别情景的典型题材，成为众多诗人、画家创作的主题。灞桥，位于陕西西安的东郊，在古时候它是进出关中的要道，因此古人常常在这里分别。这个见惯了离别的长桥也因此有了"销魂桥""断肠桥"的别称。明代画家吴伟曾以"灞桥风雪"为题，绘制了这幅同名的画作，但画中没有依依惜别的好友，只有骑驴独行的老者，下面让我们一起来欣赏一下。

　　如果要用一句诗来概括这幅《灞桥风雪图》，那"骑驴老子真奇绝。肩山吟耸清寒冽。"最贴切不过了。画家为了烘托风雪的主题，用墨色渲染天空，突出了天色的晦暗，肃杀的气氛陡然而生。画面左侧，陡峭的山岩上落满了积雪，古木稀疏，一座古刹掩映在丛林中。画面右侧的河流已经结冰，一座小桥架在河面上，一位老者正骑驴通过小桥。他头上戴着典型文人风格的幅巾，身下骑的毛驴则点明了他正是一个逍遥世外的隐者，为什么这么说呢？因为隐者大多生活清贫，难以享受"轻裘肥马"，而且驴的性情温顺，忍耐力强，适合游山玩水的需要。

吴伟效仿马远、夏圭"小中见大"的构图方法，只画出山崖的一角，以局部山崖的陡峭险峻，来暗示出高山的宏大，起到以小见大的效果。

其实，灞桥风雪中的"雪"不只是指铺天盖地的鹅毛大雪，它还指暮春时节的柳絮，因为灞河两岸种植了万株柳树，每到暮春时节，绿柳低垂，柳絮翻飞，不正与漫天飞舞的雪花十分相像吗？而且，"柳"与"留"谐音，因此古人送别时就常折一条柳枝，送给对方，表达依依不舍的心情。

虽然与暮春时节的烟柳相比，小雪时节的飘雪使天地间显得清冷凄凉，但我们换个角度来看，就像诗中所写的，"忽如一夜春风来，千树万树梨花开"，它不也正点缀了这个略显萧瑟的天地吗？

大雪

《雪堂客话图》 南宋·夏圭 纸本设色
28.2cm×29.5cm 北京故宫博物院藏

"大雪"是二十四节气中的第二十一个节气，也是冬季的第三个节气。《月令七十二候集解》解释了这个节气的由来："大雪，十一月节，至此而雪盛也。"意思是说，到了农历的十一月，天气更冷，雪势更大，降雪范围也更广。但在气候变暖的今天，我国的南方地区降雪量已经很小了，但北方的这个时节依然是千里冰封。

　　寒冬时节，万物凋零，漫天飞雪使这萧瑟的天地更显凄凉。唐元和十一年，也就是公元 816 年的一个冬夜，被贬为江州司马的白居易，望着窗外的积雪，孤寂之情涌上心头，他把这份孤寂化为诗情，聊以慰藉。下面我们就来欣赏一下这首《夜雪》。

夜雪

唐·白居易

已讶衾枕冷，复见窗户明。

夜深知雪重，时闻折竹声。

　　诗人跳出正面描写雪的窠臼，既没有对雪做色彩上的刻画，也没有对雪做样貌上的描摹，而是全从侧面烘托，别出心裁地描绘出一幅雪夜的景象。

  诗的第一句先从诗人的自身感觉写起。"衾"就是被子。寒冷的天气，让诗人惊讶地发现被子和枕头都被冻得冰凉。诗人通过"冷"，不仅点出了雪的存在，还暗示出了雪势浩大。这是因为刚下雪时，空中的寒气都被水汽吸收，凝结成了雪花，所以气温不会骤降，等到雪势变大后，温度才会降低，诗人感觉到被子和枕头冷，可见雪已经下了很久了。

  第二句，诗人从视觉的角度进一步写雪。窗户被白雪反射的光照亮，正说明了雪积得深，积雪强烈的反光照亮了漆黑的夜空，也照亮了诗人的窗户。

  诗人在后两句转变角度，用听觉来描写雪。夜深时分，他就知道雪下得很大，是因为不时能听见积雪压折竹子的声音。这不仅表明了雪夜的寂静，更表明了诗人彻夜无眠：不仅仅是因为"衾枕冷"，更是因为内心的孤寂无处宣泄，才难以入睡。

这首诗布局井然，从触觉、视觉和听觉三个方面层层递进，表现出了浩大的雪势，呈现出了一个万籁俱寂、银装素裹的安宁世界，诗人彻夜未眠的孤寂也表露无遗。漫天飞扬的雪花，在诗篇中穿越岁月的长廊，让我们在今天也能感受到它的秀美。

大雪时节，除了飘飘洒洒的雪花，还有三大物候特点："一候鹖旦不鸣；二候虎始交；三候荔挺出。""鹖旦"就是我们现在常说的寒号鸟，一候时，因为天气寒冷，寒号鸟都不再鸣叫了；二候时，阴气最旺盛，因为自然界盛极而衰的规律，所以阳气已经开始萌动，猛虎也就有了求偶行为；"荔"是兰草的一种，三候时，它感受到了阳气的萌生而抽出了新芽。天寒地冻的大雪过后，万物也将随着萌动的阳气一起，迎接新的开始。

大雪时节，纷纷扬扬的雪花让心神郁结的人更加苦闷，而在心胸开朗的人看来，这就是世间最淡雅的景致。南宋画家夏圭笔下就有这么两个人，他们在谈笑风生中不顾天气严寒，要支开窗子，观赏窗外的雪景。下面让我们欣赏一下。

这幅《雪堂客话图》境界高远，意蕴悠长。画家为了渲染

出白雪皑皑的氛围，用淡墨染绘天空和湖面，烘托出大雪洁白的效果。画面右侧，山峦延绵起伏，山顶依然是冰天雪地，山脚的积雪却已经消融了。山顶的青松苍郁茂盛，直冲云霄。

画面右下角，湖面碧波荡漾，一叶小舟漂浮在湖面上，船头的渔夫头戴斗笠，身披蓑衣，优哉游哉地坐在船头，俯身望向水面，可能是水下嬉戏的鱼虾吸引了他的目光。

画面中间的岸边，芦苇随风摇摆，一座村舍掩映在芦苇丛中。透过支起的窗子看进去，两个身披斗篷的人正对坐闲谈。右边的人举起手，好像正讲到兴头上，要依靠肢体动作，才能表现出内心的愉悦。画家只勾勒出二人的轮廓，并没有去描绘他们的表情，但从这简洁凝练的线条中，我们就能感受到他们的轻松惬意。

村舍左边，运用斧劈皴画出的山崖棱角分明，生长在岩石缝隙中的两棵怪松前后掩映，虬曲蜿蜒的树枝肆意生长，给画面增添了几分古朴典雅。

夏圭以他的"边角式"构图，在画坛中独树一帜。以这幅《雪堂客话图》为例，画家把重点表现的村舍设置在画面中心偏左下方的位置，村舍旁的山崖、怪松，和右上方的山峦遥相呼应，这种对角线式的构图营造出强烈的视觉感受。同时，画家在右下方的湖面上设置一叶小舟，用来平衡画面的关系，可见画家炉火纯青的构图功力。

虽然大雪时节的雪花漫天，使得天地间凄寒萧条，但正如谚语所说"瑞雪兆丰年"，这恰到好处的冬雪，也将带来一个硕果累累的丰收年。

冬至

《雪景山水》　明·戴进　绢本设色
144.2cm×78.1cm　北京故宫博物院藏

  "冬至"这一天太阳几乎直射南回归线，北半球迎来了一年中白昼最短、黑夜最长的一天，但是从这一天开始，白天就会变得越来越长。

  在中国古代哲学中有"物极必反"的观念，而冬至正是这阴阳消长的微妙节点，也是天道循环中一个新轮回的开始，是希望和团圆的象征。

  因此，在古代甚至有"冬至大如年"的说法，人们把它称为"小岁"或"亚岁"，在这一天不仅政府部门要放假，百姓们也会祭祖尊亲，举行家庭聚会，和亲人们欢聚一堂。

  如果在这一天谁还没回家，或者家人不在身边的话，就更是"每逢佳节倍思亲"了。我们就先从唐代诗人李白的笔下来感受这样一份冬日深情。

北风行（节选）

唐·李白

烛龙栖寒门，光耀犹旦开。

日月照之何不及此，唯有北风号怒天上来。

燕山雪花大如席，片片吹落轩辕台。

幽州思妇十二月，停歌罢笑双蛾摧。

倚门望行人，念君长城苦寒良可哀。

这首诗是他游历幽州的时候写的，幽州，大约在今天的北京以及河北省北部和辽宁省南部地区。

诗作一开篇就用了《淮南子》中的一个神话，"烛龙"是古代神话中的神兽，人面、龙身、无足，居住在看不见太阳的西北寒门，它睁开眼睛就是白天，闭上眼睛就是黑夜。每到白天，烛龙就衔着蜡烛来代替日光。但即便是这样，寒门尚且还有白昼和光照，而这里，日月之光似乎都照不到，只有呼啸的北风，铺天盖地，席卷而来。

燕山在河北平原的北部，而轩辕台则是当年黄帝和蚩尤逐鹿大战的地方，这里的北风带着雪花呼啸而过，不过李白笔下的雪花，不像梨花、不像柳絮，也不像鹅毛，而是夸张得像席子一样大。那种北方寒冬特有的纷飞大雪，瞬间呈现在我们面前，白雪从天而降，一片片地飘落在轩辕台上。这两句诗也因为李白浪漫的想象和夸张的比喻而广为人知。

十二月天寒地冻，幽州城里的妇人因为太思念远方的丈夫，便再也不唱歌、不说笑了，整天双眉紧锁。她倚着大门，望着来往的行人，想到夫君还在苦寒的北方前线，心里就充满哀伤。

诗人以夸张奇幻的笔调，写出了燕赵大地白雪纷飞、严寒刺骨的冬日景象，使人一读就好像身临其境。冬至过后，就进入了一年当中最冷的时候，也就是所谓的"数九寒天"。除了天气寒冷之外，冬至还有三大物候特点：一候蚯蚓结，二候麋角解，三候水泉动。意思是，一候时，土中的蚯蚓仍然蜷缩着身体，二候时麋鹿开始脱角，到了三候，阳气始生，山中的泉水可以流动了。

每到冬至，我国的北方地区都有吃饺子的习俗，到现在很多地方还流传着"冬至不端饺子碗，冻掉耳朵没人管"的俗语。越是在寒风刺骨的天气里，人们就越是向往热气腾腾的团圆。

古人讲究顺应天时，依时而动，冬至已来，年关将至，忙碌一年的人们也要回家了。明代画家戴进就曾经创作过一幅《雪景山水》，来描绘寒冬中旅人奔忙的景象。

画作采取了高远全景式布局来展现山中的景色，构图紧密，气势宏大，让我们由远及近来仔细欣赏一下。首先映入眼帘的是雄伟陡峭的山峰，山顶的树木几乎要冲破画卷、直指青天了。在描绘山体的时候，画家先以淡墨勾出轮廓，由淡而浓，多次皴擦，用笔活而不乱，层次井然。

山石的右边，烟云弥漫，可见山势的高峻。在半山腰的地方，能看到两座楼阁掩映在山峰之间，屋顶上落着一层厚厚的积雪。顺着山体向下，是一座雄伟的关隘，此时正有一队人马想要入关，其中三人骑马，一人挑担，行色匆匆。也许过了这座关卡，离他们的家也就不远了吧。

画中被山石树木所阻隔的另一边，是流水上架起的木桥，桥上的旅人也正顶风冒雪地赶路。毕竟寒冷的天气和温暖的归家比起来，又算得了什么呢？

虽然时值寒冬，但山脚下的苍松却翠色依旧。画面中近景处的树木枝干遒劲，笔势雄健，用笔较为工致，而远处高山上的树木则是以写意的笔法绘出。

画家戴进在构图上借鉴了北宋雄奇高远的特点，而在用笔

上则取法南宋，笔法多变，皴擦点染不拘形式，笔画具有强烈的动感，表现出了北国山林风雪凛冽的豪迈气势。

不过，风再大也吹不散亲情的牵挂，雪再深也藏不住团圆的温馨。冬至时节，虽然长夜漫漫，但和亲人相聚的欢乐，使时间过得飞快。长夜过后，迎接我们的将会是越来越长的白昼和无限的希望。

小寒

《雪景山水图》　五代·荆浩　绢本设色
138.5cm×75.5cm　美国堪萨斯城纳尔逊美术馆藏

古人描述"小寒"的物候有三个现象：大雁开始北归；喜鹊开始筑巢；野鸡开始鸣叫。古人心里，禽鸟在感知阴阳二气的微妙变化方面天赋异禀，所以二十四节气当中，就有两个节气：白露和小寒，是完全以鸟类为物候标志的。

俗话说，"小寒大寒，冻成冰团"。这两个节气当然是全年中最冷的，但是究竟是小寒更冷？还是大寒更冷呢？估计很多朋友都会不假思索地回答：当然是大寒了，所以才叫"大"嘛！但是根据气象部门的统计，在多数年份里，小寒节气的平均温度都要比大寒更低。在民间，有一种"冷在三九"的说法，而这"三九天"又恰恰在小寒节气之内。

小寒这一天，全国许多地方都已经下过第一场雪了，但读完唐代诗人祖咏的《终南望余雪》，相信会有不一样的感受——

终南望余雪

唐·祖咏

终南阴岭秀，积雪浮云端。

林表明霁色，城中增暮寒。

祖咏用短短四句二十个字，为我们描绘出一幅日暮天寒的

"终南山余雪图"。当年这是一篇命题作文，能写得这么好，直接写进《唐诗三百首》里，可是文学史上的一个偶然事件。

小青年祖咏，名不见经传，来长安考进士。拿到卷子，上面的诗题就是《终南望余雪》。按照规定，需要写成一首六韵十二句的诗，可他只写了四句就交了卷子。别人问他为什么不写完啊？他回答："该说的都说了，意思已经完满了。"宋代人编《唐诗纪事》，把这作为一件轶事收进去，后人评价祖咏考试的时候还能"重诗意，不重功名"，真是爱惜羽毛。

应试用的诗，首要的就是扣题。"终南望余雪"，最要紧处在于两个，一个是"余"字：不是正在下的雪，也不是刚下完

的雪，而是下完了好些时候，还没化干净的积雪；另一个是"终南"，不是别的地方，而是终南山上的积雪。所以你看，五个字，挖了俩大坑。

祖咏迎难而上，一开篇就点题："终南阴岭秀"，地点是终南，视角是"阴岭"，也就是背阴面、山北坡。为什么这么写？因为从正面着笔，不过写写山之高、雪之色，而从侧面，则写出来积雪的原因：唯其山高又背阴，才会有积雪；唯其有积雪，山才会看起来更"秀"。

第二句"积雪浮云端"，一个"浮"字无比生动。积雪怎么可能浮在云端呢？只有一种可能：终南山高耸入云，阴岭的积

雪在流动的浮云之上，又被太阳照耀、寒光闪闪，使得远望的人产生了浮动的感觉。

联系到下边一句"林表明霁色"，你更会觉得这样。"霁色"是雪过天晴以后，阳光洒下来照在雪上的颜色，一个"明"字说明积雪在反光、很亮。

最后一句，诗人转了一笔，由写望中所见的景物，转为写自己内心的感受，"城中增暮寒"，积雪渐渐消融，太阳渐渐落山，与终南山近在咫尺的长安城自然要增添一些寒意了。由望山而望出寒意，可见诗人走心了。

清代学者纪晓岚读到这首诗说：前三句写出了积雪之状，

后一句写出了积雪之魂，每句里都隐然包含了"终南"二字，读了确实是积雪，不是新雪。《渔洋诗话》里更将这首诗与陶渊明、王维、韦应物等人的写雪诗并列，同称古今之"最佳"。诗写到这一步，确实神完气足，没必要墨守成规，非得再凑上几句了。

应小雪节气的景，延续《终南望余雪》的诗意，我们来为大家介绍一幅描绘北方雪后山景的画作：相传由五代时期的大画家荆浩所绘《雪景山水图》。

作品以立轴构图，高大的峰峦层层叠叠盘旋向上、直冲云霄，林木伟岸、溪谷幽深，山涧中融化的雪水正汇成瀑布泉流，在山谷间曲折迂回，最后倾泻进右下角深深的溪潭之中。主峰左边隐

海·雪影耀江光一帧渔人十指僵
谈泊林泉何羡蒙前德氏澄河易乡
景祯十四年入夏火平德寿雷达
绘写此小景姓题兄志

雪道名士项右祥

《雪影渔人图》　明·项圣谟　纸本设色
74.8cm×30.4cm　北京故宫博物院藏

约露出一片空阔的湖面，水平如镜、寂寂无声，更显出雪后寒冷、清幽的氛围。十几位行人分作四五组在山道上赶路、姿态各异。而这整幅图仿佛是为"终南余雪"所做的脚注，寒意中又透露出些许生机。

更为可贵的是，《雪景山水图》仅一幅画，便将中国山水画的高远、深远和平远三种画法表现得淋漓尽致。画作中间部分的这座大山就是"高远"的体现，其实就是"从山下仰视山巅"，山势的巍峨雄伟一下子就被烘托出来了。画的右边体现的是"深远"，也就是能从山前看到山后，类似于现在我们说的"鸟瞰"，万水千山尽收眼底。而这幅画的左边部分就是"平远"的体现，"自近山而望远山"，它追求的是一种"山随平视远"的效果，呈现更多的是溪流、木桥、三三两两的人群，于茫茫山雪中展现出一片宁静祥和之美。

时光流转，四季轮回，进入小寒，这一年已经正式进入倒计时了。

"寒"字从字形上来看，就像是在屋里放满了保暖的干草，可地上还是结了冰。让我们看见这个字就感觉周围的温度在降低。小寒的特点就是天气逐渐寒冷，但还没有到达顶点。我们常说"三九四九冰上走"，小寒正处在"三九"前后，那寒冷程度就可想而知了。

在广大的北方地区，这个时候的降雪可就不是零零星星的小雪了，而是纷纷扬扬、漫天飞舞的大雪。风雪交加的天气，总是让人想要回到温暖的家里，和亲人相聚。我们就从清代词人纳兰性德的笔下，来看看古人的雪夜情思。

长相思

清·纳兰性德

山一程，水一程，

身向榆关那畔行。

夜深千帐灯。

风一更，雪一更，

聒碎乡心梦不成。

故园无此声。

《长相思》是清代词人纳兰性德的作品，他是清朝大学士纳兰明珠的长子，饱读诗书，文武兼修，深受康熙皇帝赏识。这阕词正是他跟随康熙皇帝出巡的时候所写的。一路上山高水远，

跋涉艰辛，词人在夜里望着宿营的灯火，久久没能入睡，于是提笔写下了这阕词。

词的上片写出了这段旅程的艰难曲折、遥远漫长。"山一程，水一程"记录了伴随皇帝出行时一路上的风景，他们翻过了一山又一山，跨过了一水又一水，回头看时，已经走过了漫漫长路。而"身向榆关那畔行"中的"榆关"，在这里泛指北方边塞，原来，这支随皇帝远行出巡的队伍，是在向着边塞行进。此时，夜已深沉，结束了一天的跋涉，将士们都支起营帐准备休息了。"夜深千帐灯"则描绘出了一番壮观的景象。风雪中，夜幕下，群山里，雄关外，从千万顶帐篷里透出明亮的灯光，可以想象一下，那是一种怎样的气势，怎样的场面。

词的下片写出了游子的思乡之苦，也交代了将士们深夜未眠的原因。"风一更，雪一更"是说，营帐外狂风呼啸，雪花乱舞，整夜都没有停歇。"聒碎乡心梦不成。故园无此声"则是在埋怨这风雪声搅扰了思乡的美梦，要知道，在千里之外的家乡可没有这样的声音啊。其实明明是词人因为思乡而难以入睡，却偏偏要归咎于自然的风雪声，这看似无理的埋怨，反而更让我们感受到词人的情深意切。

这阕《长相思》曾受到王国维先生的赞赏，他说纳兰性德是"以自然之眼观物，又以自然之舌言情……北宋以来，一人而已"。这自然流露的真情恰恰是纳兰词独特的动人之处。

小寒时节，千里冰封，万里雪飘，而往往越是寒冷，人们就越是向往温暖，越是跋涉，心里就越是渴望归家，纳兰性德说出了每个人的心声。风声雪声，声声入耳，思乡恋乡，款款深情。

到了小寒，北方天寒地冻、滴水成冰，南方的很多地方也是风雪交加、寒冷刺骨。人们几乎都愿意待在家里，尽量减少了外出，不过凡事都有例外，在柳宗元的《江雪》中不就有一位"独钓寒江雪"的老翁吗？明代画家项圣谟也曾经创作过一幅《雪影渔人图》，描绘了严寒中渔人在江上行舟的景象。

画作采取了平远式的布局来展现江边景色，远山近岸相对，江中一叶扁舟。让我们由近及远来仔细欣赏一下。

近岸处的四株老树粗壮挺拔，枝干虬曲，枝桠众多，但错落有致。枯瘦的枝桠上没有一片叶子，而且覆盖着皑皑白雪，说明此时正是寒冬。画家笔法老到，以浓淡不一的墨色表现出树身的阴阳向背，使古树具有立体感，它们张扬的枝干仿佛都要从画中伸出来了。画在前面的枝干，底部墨色浓重，而上端则是留白，不施墨色，表现出晶莹洁白的霜雪。后面的枝干则仅用淡墨绘出形态，使丛生的树枝富有层次，繁而不乱。树下的水岸边，有一条渔舟正停泊靠岸，渔夫身披蓑衣，头戴斗笠，手持船桨坐在船头。船下不仅有细线描绘的波纹，还有船头激起的白色浪花，细节生动逼真。稍远处是广阔的江面，水平如镜、波澜不兴，随着江水向远处眺望，可以看到被白雪覆盖的群山，画家只用淡墨渲染山体，以留白表现积雪，清雅疏朗。

画家项圣谟是一位诗、书、画、印全能的画家，画面右上方就题写着他的诗作，全画不仅构图严谨，笔法细密，意境清雅秀逸，而且诗画合一，更增添了几分文人气息。

《道德经》里曾说："人法地，地法天，天法道，道法自然。"天时发生了变化，人们也会随之调整作息，休养生息，在这个万物休憩的季节里，汲取着世间的光明、温暖和力量。

大寒

《寒江独钓图》 南宋·马远 绢本水墨 26.7cm×50.6cm 东京国立博物馆藏

二十四节气当中的最后一个节气——"大寒"，过了这一天，新的农历年就很近很近了，天寒地冻到了极致，春暖花开也就不远，这真是大自然有趣的辩证法。

根据气象部门的统计，多数时候"大寒"还冷不过"小寒"。不过这一天，却是标准意义上"冬季"范围最大的时段，全国除了岭南和闽南的一小部分，有差不多897万平方公里的土地都正处在寒冬之中。

2016年的这个时候，一场"世纪寒潮"席卷全国，连广州和台北都下了雪，"四季如春"的昆明，气温一度跌到零下四五度，给全市几十万株树木带来严重伤害，要好几年才能恢复。

很多人觉得奇怪：不是说全球气候变暖了吗？怎么还这样？这反映出一个普遍的误区。全球气候变暖，不是平均变暖，而是热的更热、冷的更冷，整体上变暖，是一个长期的趋势；可局部上，每个地方的极端天气都在增多。所以每个人都应该自觉保护环境、节约能源，共同应对这样的全球性难题。

不过比起冷，大部分地区最怕的还是热。老辈子人早就发现，气候这东西好像有反弹的能耐和变本加厉的功夫。假如这一天，你没感觉到冷，相反还回暖了，那可就坏了，因为这是大降温的先兆。该冷的时候不冷，都给你记账上，这也是俗话讲的"一日

赤膊，三日头缩”，又叫“大寒不寒，人马不安”。人马倒还罢了，关键是地里的庄稼，冬小麦、油菜什么的，这时候必须保持一定的低温，否则无法生长。

今天有一个词儿是从“大寒”里来的。年底了，企业要办年会，大家伙儿忙了一整年，到了聚聚的时候，这叫“尾牙”年会。干吗“尾牙”呀？跟牙有什么关系？话一说起来，就牵连到大寒了。

过去福建人祭祀“土地公”，三牲四果地摆好了，拜完了，东西不能糟践，得拿回家大伙儿一起分享，打打牙祭。所以慢慢的，当地人就管“祭祀土地”称为“作牙”。“作牙”的次数还不能少，从二月初二开始，每逢初二和十六这两天都得去。这样一年里，头一次祭祀，也就是二月二这天称作“头牙”；最后一次祭祀，也就是腊月十六这天称作"尾牙"。"头牙"善始，"尾牙"善终，吃过了"尾牙"这顿饭，一年里善始善终，人才踏实。而你去查查日历，腊月十六正是"大寒"的节气。

所以很多传统说起来，渊源古老，意思常新。

"大寒"应景的诗词不少，但是有一首咱们熟悉的小诗，一提名字，你就会感觉别无他选，就是它了。那就是柳宗元的《江雪》——

江雪

唐·柳宗元

千山鸟飞绝，万径人踪灭。

孤舟蓑笠翁，独钓寒江雪。

现在咱们都用普通话朗诵古诗，但在古汉语里，这其实是一首押入声韵的绝句。比如这里的"绝""灭""雪"，发音短促坚决，一般用来表现萧瑟、冷寂、孤独或决绝的情感，是古典诗歌语言里一种特有的形式美。

很多人读了《江雪》都感觉有画面感。其实中国美术史上，还真不乏取自这首诗意的绘画，比如这幅相传是南宋画家马远所绘的《寒江独钓图》，就堪称这首诗的图像注解。所以咱们可以一边品诗，一边赏画。

诗题叫《江雪》，但头两句既不写江也不写雪，而去写了四周围飞鸟绝迹的千山万岭、行人绝踪的大道小路。仿佛一个包裹天地的大全景，虽然没有直接描摹，但从"千山、万径"的宏阔空间和"鸟飞绝、人踪灭"的寂静景象里，写出了江雪的魂魄，写出了天上地下一片白茫茫的萧森的寒气。

三四句逐渐聚焦到江面上的一位渔翁。就像马远画中的这一位，有笠帽、有蓑衣、稳坐孤舟，身体前倾，正在聚精会神地垂钓。天寒地冻、万籁俱寂，这一叶孤舟、一介渔翁显得如此渺小、如此安静，但他仿佛已经浑然忘却了周围大寒的环境和自身孤独的处境，把笠帽蓑衣丢开，只专注钓鱼这一件事。你似乎能从他身上读到一种天地间顽强而自在的坚守，一种孤高傲岸的精神气质，甚至是凛然不可侵犯的风度。

马远作画，很善于利用留白给人以想象的空间。乍看起来，构图似乎过于简单。除了用线描画出的扁舟、渔翁，以及淡墨勾出的几道水纹以外，四周全是空白。但越是这样，你越觉得"空白不空"，越有一种寒气逼人、江天浩渺的意境，这也就是中国水墨艺术"虚实相生""计白当黑"的奥妙所在。

《雪景山水图》 清·高凤翰 绢本设色
168.8cm×98cm 北京故宫博物院藏

大寒

诗书画　二十四节气

画里还隐藏着一个小秘密，需要放大了才能发现。这里，渔翁手握的钓竿，居然是带转轮的机械化设计，没想到这么现代的工具居然宋朝人就已经在用了。

因为大寒和小寒一样，都是表示天气寒冷程度的节气，所以《七十二候集解》把这两个节气联系在一起。小寒解释为"十二月节，月初寒尚小，故云。月半则大也。"就是说，农历十二月初，寒气还比较微弱，等到了月中的大寒节气，寒气就比较旺盛了。

大寒时节的低温天气，使得积雪无法融化，因此天地间是一派冰天雪地的景象。杳无人烟的边塞，本就容易使人感觉到凄凉，飘飘洒洒的雪花，使这份凄凉显得更加凝重。但在唐代诗人卢纶笔下，飘雪的边塞不再是荒凉萧索，而是豪迈雄壮，下面让我们在诗作中一起来欣赏一下。

和张仆射塞下曲（其三）

唐·卢纶

月黑雁飞高，单于夜遁逃。

欲将轻骑逐，大雪满弓刀。

唐建中四年，也就是公元 783 年，卢纶在河中府谋得了元帅府判官的职务。风餐露宿的军营生活，让他创作出一批粗犷豪放的诗作，其中就有这组《塞下曲》。虽然诗作中张仆射和单于的真实身份我们无从知晓，但并不妨碍我们感受这首诗豪迈昂扬的气势。

"月黑雁飞高"，月黑风高，大雁惊飞，透露出敌人正在行动。诗人用简明生动的语言，点明了战争发生的时间，同时烘托出了战斗前的紧张气氛。

"单于夜遁逃"，单于本来是古匈奴的君主，这里指代敌军的首领。敌军在夜间行动，应当有很多种可能，但诗人明确地判断敌军是在溃逃，而不是来袭，充满了必胜的信念和对敌军的蔑视。

"欲将轻骑逐"，按照诗的平仄，这里要读作"骑"，也就是骑兵的意思。将军发现潜逃的敌军，要率领骑兵追击，选择骑兵，不仅仅是因为他们轻便快捷，更是因为胸有成竹，敌军已经是瓮中之鳖，只需要一小队骑兵就能手到擒来。

"大雪满弓刀"，把全诗的气氛推到了顶点，骑兵整装待发，忽然天降大雪，连佩戴的弓箭和刀都被雪花落满了。这一句不仅表现出了环境的艰苦，也从侧面表现出了将士们奋勇的精神。

这首诗虽然只有短短二十个字，却营造出了强烈的效果。

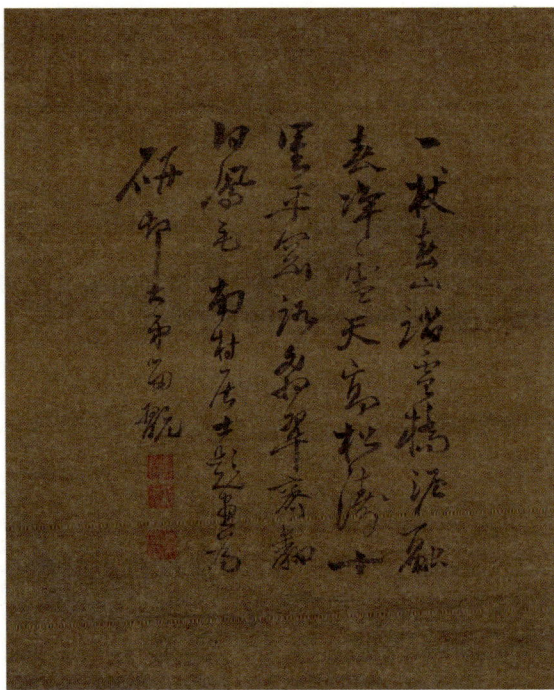

言有尽而意无穷，这也正是古诗的美感。飘飘洒洒的雪花落满弓刀，飘雪中，所向披靡的将士使大寒节气显得豪迈雄壮，大寒也以一种特别的面貌，在后人口中传唱。

大寒时节，除了寒冷的天气，还有三大物候特征："一候，鸡乳育也；二候，征鸟厉疾；三候，水泽腹坚。"因为大寒节气过后，就是新一年的立春，所以母鸡在一候时要准备孕育小鸡了；

二候时，鹰隼之类的猛禽正处在捕食能力极强的时候，它们盘旋在空中寻找食物，来补充能量抵御严寒；立冬时，水就开始结冰，但只有冰面薄薄的一层，等到了三候时，水域的中央部分都冻得很结实了。大寒过后，就是新年，所以在这冰天雪地中，也洋溢着对阖家团圆的期盼。

大寒时节，银装素裹，河面冰封，世间一派宁静旷远的景象。清代画家高凤翰就把这个景致绘入画轴，将这份雅致化为了永恒，下面让我们来欣赏一下。

这幅《雪景山水图》意境高远，画家通过运用淡墨染绘天空和江面，烘托出大雪洁白的效果。画面中，远山连绵起伏，山

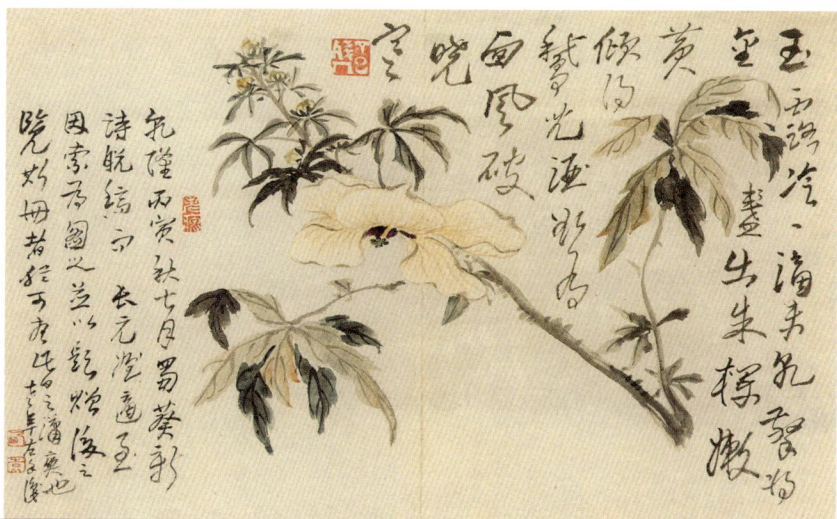

《花石图册》之二　清·高凤翰（左手）纸本设色　28cm×44cm　重庆中国三峡博物馆藏

势崎岖。江面水波不兴，江边一株株苍松巍然屹立，直冲云霄。

画面的左下角，一座陡峭的山崖突兀耸立，山崖上，青松傲然挺立，为画面增添了无限的生机。婆娑的树影中，低矮的茅屋与参天的苍松相映成趣。画面的右下角，身着红衣的文人策杖而行，站在小桥上游目骋怀，看来在这美景面前，寒冷的天气也算不得什么了。

这幅《雪景山水图》的构图别具一格。左下角苍松翠竹与右上方的松林遥相呼应，这种对角线式构图使画作更富有视觉效果，同时加强了画作的纵深感。而画家把极目远眺的文人设置在右下角，平衡了画面关系，体现出画家高超的构图技巧。

大家可能对于画家高凤翰不太了解，他与"扬州八怪"十分投缘，甚至有人把他也并入"扬州八怪"的行列。他在晚年时右臂病残，这对于一位书画大师来说，无疑是灭顶之灾，但他顽强地苦练左手来书写绘画。最终，摸索出了另外一套书画风格。"守得云开见月明"的高凤翰，难怪能将万物凋零，却又萌发着生机的寒冬描绘得出神入化了。

虽然大寒时节寒气逼人，但我们不妨转念一想，挺过这最后的严寒岁月，不就是风和日暖的春天吗？

图书在版编目(CIP)数据

诗书画. 二十四节气/东方卫视《诗书画》栏目组编撰. —上海:学林出版社,2020

ISBN 978-7-5486-1657-3

Ⅰ.①诗… Ⅱ.①东… Ⅲ.①古典诗歌—诗歌欣赏—中国②汉字—书法—鉴赏—中国—古代③中国画—鉴赏—中国—古代 Ⅳ.①I207.2②J292.11③J212.05

中国版本图书馆 CIP 数据核字(2020)第 113716 号

特约编辑	冯 磊
责任编辑	许苏宜 邵愉忻
封面设计	海未来

诗书画 二十四节气

东方卫视《诗书画》栏目组 编撰

出 版	**学林出版社**
	(200001 上海福建中路 193 号)
发 行	上海人民出版社发行中心
	(200001 上海福建中路 193 号)
制版印刷	上海商务数码图像技术有限公司
开 本	890×1240 1/32
印 张	8
字 数	14 万
版 次	2020 年 8 月第 1 版
印 次	2020 年 8 月第 1 次印刷
	ISBN 978-7-5486-1657-3/G・625
定 价	58.00 元

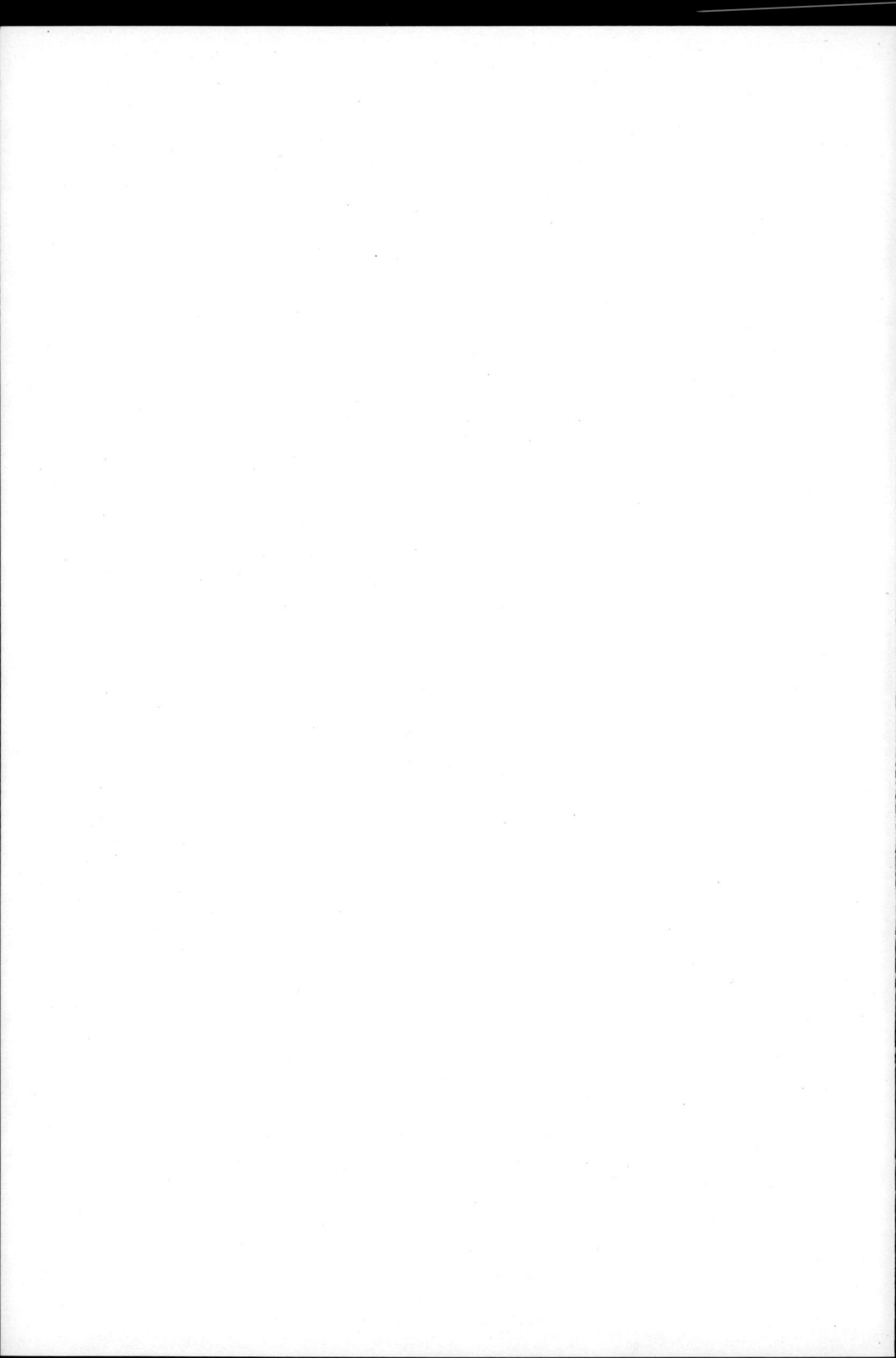